# 我在時間盡頭，守候你

About Love

小 彤 —— 著

# 目錄
# CONTENTS

背叛，
是我愛妳唯一的方式

——

O1

ABOUT LOVE

他茫然了。

他只曉得，別人的背叛是因為無情無愛，

他的「背叛」卻因為情太深、愛太重。

『愛，如果換得背叛和屈辱，還要繼續愛嗎？』哭著狂奔出健宏的住處，瓊慧不斷地問自己。

雨絲，像一根根尖刺，扎得她的心劇痛不休。今天，是他們相識四週年的日子，她原夢想會有浪漫的相聚、旖旎的夜晚，就像去年的此刻……

去年的此刻，健宏神秘兮兮地邀她到他的小公寓，門一開，迎接她的是，一屋各色的玫瑰花。

『天哪，這麼、這麼多的花，你是怎麼弄的？』她驚喜地在花兒間兜來轉去。

健宏攬緊她，深情盈盈，『一千零九十五朵玫瑰，代表我們

相愛的每個日子。』

　　餐桌上擺了個小巧蛋糕，蛋糕上插著『3』字的彩色蠟燭，在他們吹熄蠟燭前，他慎重地對她許下承諾：

　　『如果負妳，今生不得好——』

　　瓊慧惶急地用手堵住健宏未成形的『死』字。不需承諾，不要盟誓，對健宏的愛，她從不懷疑。知道她常鬧胃疼，健宏開始隨身帶著胃藥；她對菸味過敏，他二話不說戒掉十餘年的菸癮；去年瓊慧生日，卻一整天聯繫不到健宏，盼到午夜，當失望沮喪在她臉上隱然成形時，健宏終於帶著僕僕風塵、汗流浹背地出現了。『生日快樂！』健宏塞給她一只絨盒，裡面是條別致的心形項鍊。那次他們到台南旅行，瓊慧一眼就鍾意這條項鍊，只是當時嫌貴、捨不得買下。沒想到……

　　她哭了，相信他是她今生今世唯一的戀人。

　　然而，再美的誓言，再多的柔情又如何呢？終究抵不過男人的喜新厭舊。今晚，她滿懷期待地撳下他的門鈴，好半晌，門才緩緩打開，一陣莫名的涼意陡地向瓊慧迎面襲來，健宏赤裸著上身，一臉駭人的死白：『妳，怎麼來了？』

『哈，少裝了，別告訴我你不記得今天是什麼日子。』她笑著輕推他，試圖進屋，健宏卻依舊紋身未動地擋住門口，眼尖的瓊慧仍一眼瞥見桌上的蛋糕，『哈哈，我就知道你……』

　　『是誰呀？健宏。』

　　屋裡傳來女人嬌嗲的聲音，未幾，一個皮膚白皙得近乎慘白的年輕女子圍著浴巾親暱地貼近健宏。

　　『這是晴晴，她爸準備在美國為我開家規模不小的設計公司，我們下禮拜就要赴美結婚了。』

　　結婚？瓊慧腦門轟然一響，手中陶土砰然摔成碎屑，那是她花了近一個月才捏塑出來的健宏的人像。

　　『呃，今天是晴晴生日，要不要一道進來慶祝？順便祝賀我即將成立的公司，哈哈……』

　　血色自瓊慧臉上刷地褪盡，『你、你好無恥！』她憤恨地甩他一記響亮的耳光，絕然掉頭沒入雨中。

　　滂沱的寒雨洗去瓊慧狂湧的淚水，也沖刷出這些日子以來的種種。從十個月前，健宏車禍甫癒後不久，他便莫名地辭去工作，三天兩頭就說出國，既不讓她送機、也不似以往每天越洋電話晨

昏定省；即使人在國內，他也藉口忙碌拒絕瓊慧的造訪，問他忙什麼，他總支吾其詞；就算偶爾碰面了，他不是故意跟她保持距離，就是推說身體不適、拒絕魚水之歡；對於瓊慧的親暱碰觸，他開始刻意閃躲；甚至有一回，他還半真半假對瓊慧說：『如果碰到更合適的男人，妳可要好好把握哦，我不會介意的。』

原來、原來他的大方，全是為自己的負心無情預留出口！

『我恨你、我恨你——』寒雨裏，瓊慧朦朧的眼瞳中有深刻的痛楚，灼燒著。

健宏的屋裡。寒意，愈來愈重。

『你，這是何苦呢？』叫晴晴的女人長長地歎了口氣。

健宏仍蹲在門邊一塊一塊撿拾那些破碎的陶片，肅穆得彷彿撿的是一片一片碎了的心。『我試過很多方法想讓她離開我，但是都沒有用，我想，只有這樣，才能教她徹底死心！』

他把碎片捧在胸口，起身走近桌上的蛋糕，蛋糕上『4』字的蠟燭正一分分融化，滴落的蠟淚彷似在哀悼他們早逝的愛情。『如果負妳，今生不得好死。』他的諾言，他沒有忘記。

女人痛哭失聲，『老天為什麼這麼殘忍？為什麼——』

　　『妹，謝謝妳特地「上來」幫我演這齣戲。』他輕拍安慰這個自幼與他相依為命的妹妹，晴晴。『我本來以為來得及安排妥當，誰曉得病情突然惡化……』

　　那應該只是場單純的車禍而已，沒有人料到他被輸入的竟然是致命的血漿。當他病癒準備出院時，醫院卻萬般歉疚地帶來一椿驚人惡耗：他輸入的血被證實含有愛滋病原！他簡直無法置信，一向潔身自愛的他竟會罹患上愛滋病，他更無法相信的是，從不輕易被橫逆擊敗的他，居然這麼快就屈服在愛滋的魔掌下！

　　八、九個月來，他積極配合 HAART 雞尾酒治療與服藥，正當一切好轉之際，竟莫名感染了嚴重肺結核，就在前天下午，他的病情驟然急轉直下，當他被抬進急診室時，意識已一片模糊，只剩下一個清晰的意念─不要讓瓊慧知道，她承受不了的，不要讓她知道……

　　『我不要別人知道她的男友是死於這種……不名譽的絕症，沒有人會去詳究我是如何染上愛滋的，他們只會用有色的眼光來看待我和她，我不要她活在別人的歧視和指指點點中。』他唯一

慶幸的是，被誤輸愛滋血液之後，他們沒有親熱接觸，也讓她倖免於愛滋的感染。

『你確定這樣對她比較好嗎？承受背叛會比接受死亡容易嗎？』晴晴問。

他茫然了。他只曉得，別人的背叛是因為無情無愛，他的『背叛』卻因為情太深、愛太重。

『走吧，哥，時辰到了。』

晴晴，那位六年前便死於重病的唯一親人，對健宏伸出了冰冷的手。

雨，仍不停地下著。瓊慧仆跌在泥潭中，任雨水和泥漿在她的身旁匯流成河，她的心，也早已淌血成海。

拋下對人世最後的依戀，健宏拉著妹妹的手，沒進氤氳的幽晦中。桌上的蛋糕瞬間化成一堆塵埃，而一切愛欲情愁也終將灰飛煙滅。─因為，今天早上，他已經病逝在醫院了。

愛在前世今生

——

02

ABOUT LOVE

原來，權勢、財富或阻撓，碰上了真愛，都會變得無足輕重。
這場戰役，一開始他就注定，沒有勝算！


　　『我是王，任何人都不能違抗我！……死神啊，對背叛帝王
的人揮動死亡的羽翼吧！』

　　埃及。怒濤洶湧的尼羅河畔。
　　『在古埃及王朝，法老王愈殘暴就表示他愈偉大，所以，一
發怒起來殺個幾千幾百人，對法老王來說，根本是家常便飯。』
導遊正帶領大家參觀古埃及第十八王朝法老王的遺物，彩色的浮
雕、數以萬計黃金打造的陪葬品，無聲訴說著遙遠歷史中曾有的
璀璨繁華，『黃金是埃及人的最愛，這個收藏帝王木乃伊的金製
人形棺，便是按法老王活著時的長相做成的。』
　　人群紛紛聚攏過來瞻仰法老王的『遺容』，凌志怔怔凝望著

人形棺，他看得那麼專注、那麼忘情，深深看進了那張臉眼中的，孤寂——一個擁有至高無上權勢的王者的孤寂。

孤寂！驀然一股尖銳的痛楚，直直刺入他的心。

遠離了台灣，遠離了現實，才知道，有些事、有些感覺就像空氣的存在一樣，怎麼也遠離不了。他唯一愛過的女人即將嫁給他最好的朋友，諷刺的是，自己竟是冥冥之中撮合他們的『媒人』！曾經，他想過不只一百、一千次，如果當初早點追求雪麗，如果當初沒有力邀信澤返國，也許、也許……

『哈，你們公司可真難找。』信澤旋風般捲進凌志寬敞的辦公室，朗聲埋怨道，『好在問路時剛巧問到你們公司的人。』

『那是因為你在美國待太久啦，電腦博士，歡迎載譽歸國！』凌志上前給信澤一個熱情的擁抱，這才發現站在信澤身後，為信澤帶路的，正是雪麗！

憑著顯赫的家世和俊俏的外表，凌志的身邊從不缺蜂飛蝶繞，但雪麗是第一個引起他興趣的女人。她是管理部新來的助理，第一天上班就遲到，莽莽撞撞衝進電梯差點撞得凌志踉蹌摔倒，按樓層竟按到了『緊急呼叫鈕』，門一開看到趕來救援的警

衛，她還鎮定自若地嘉勉道：『嗯，很好，你的應變能力及格了！』幾天後的高階主管會議，負責端茶的她不但迷糊得把茶潑倒，也不管自己根本沒有發言權，居然義正詞嚴地指正一位向來『挾年資以令老闆』的元老級主管，『您這樣不顧員工死活，怎麼教員工為公司鞠躬盡瘁呢？您這項短視的提議……』凌志坐在主席位上激賞地看著雪麗，看她字字鏗鏘，看她因義憤而閃亮的臉龐。

　　『公司的人都叫她什麼來著？小迷糊？惹禍精？』他笑著聽完秘書的報告，記住了她。兩週後，他獨排眾議將雪麗升成他的助理秘書。

　　『真有你的！你父親過世後，你才接管幾年就闖出這麼大的規模。』信澤搥著凌志的胸。

　　『少誇我了，走！去參觀工廠，今晚咱哥倆好好聚聚，明天你正式就任。』正欲踏出辦公室，凌志桌上的電話響了。

　　當凌志接完電話走出來時，信澤正坐在雪麗的電腦桌前：『嗯，妳很聰明，照這樣做就對了，OK？不懂的再問我。』

　　不是過度敏感，凌志真的感覺到，雪麗和信澤之間隱然浮動

著的，驚濤駭浪。

總經理室的百葉窗開始拉了起來，透過整面玻璃，外面辦公室的一切動靜，凌志都可以一覽無遺——信澤又坐到雪麗的電腦桌前，雪麗笑語嫣然，頭上的馬尾不知何時已瀉成肩上流泉；凌志刻意留雪麗加班，再藉口犒勞邀她晚餐，席間雪麗透露自己酷愛搜集明信片，『尤其是飯店的明信片，也許是因為很少有機會四處旅行吧。旅館收留旅人，我藉著明信片收留旅人的心情。』翌日，為了她，凌志下令，出差的員工必須攜回一只飯店明信片。

信澤下班時，來到雪麗桌前、俐落地拎起她裝滿雜物的大背包，兩人開懷地步入電梯。

雪麗為信澤帶來漢堡早餐，信澤沾著番茄醬的唇角溢滿溫柔。

凌志將信澤升任台中分公司副總，其實是想將信澤調離雪麗身邊。

凌志要求雪麗一道赴日考察，暗地裏期待著兩人的獨處。

在東京的最後一晚。異鄉的街、下雪的夜，他們併肩走在白茫茫的雪地上，他突然渴望能一直一直這樣走下去，路，不要有

盡頭……揚手替雪麗拭去髮上皚雪，陡地，他攫住她，熱切找尋她的唇，雪麗掙扎著推開他。

『對不起，我已經有喜歡的人了。』

『是——信澤？』見她頷首默認，凌志的心一下子沈落萬丈深淵。為什麼妳選擇信澤？難道我的深情摯意、我的權勢地位，妳一點都不心動？

『我……真的一點機會都沒有？』他的語氣充滿了連自己都不肯相信的祈求。

『很多人會因為對方猛烈地追求而愛上對方；但有一種人，他的愛情只有發生、不能培養，在相識的最初就已經決定了愛或不愛。而我，便是這種人。』

紛飛的雪下成了他心底的淚，他怨懟又受挫地盯著雪麗，『我從沒有這樣受挫過……妳、妳踐踏得我毫無尊嚴。』

『我沒有踐踏或誤導過你。你不能向一個不曾愛過你的人討回尊嚴。』

凌志又看到主管會議上那雙堅定而固執的眼睛。誰說她迷糊呢？面對愛情，她簡直頭腦冷靜得近乎——殘酷！

深吸了口氣，他勉強擠出笑容，向雪麗伸出手：

『祝福妳，還有信澤。』風度，是情場敗將僅存的防身武器。

幾個月後，接過信澤遞來的喜帖，凌志才逼著自己承認：原來，權勢、財富或阻撓，碰上了真愛，都會變得無足輕重。這場戰役，一開始他就注定，沒有勝算！

他選擇了逃開。趁他們忙著打點婚事，他將自己放逐到這個遙遠的國度。

『這位法老王是古埃及少見的明君和痴情種，旁邊那就是他的寵妃麗坦的雕像。』凌志順著導遊的指尖，天！愛情真的會教人盲目得將任何人都看成對方嗎？要不然，他怎會覺得麗坦的雕像那麼神似雪麗？

『他在位時國富民安、備受百姓愛戴，不過，他很年輕時就把權位傳給了他的堂弟，過著自我封閉抑鬱的生活，據說是因為他一時氣憤將他最愛的……』導遊滔滔不絕的講解，在一連串尖叫中戛然而止。偌大的博物館，倏地陷入伸手不見五指的黝暗。

漆黑中，似乎有成千上百的士兵湧向凌志：『王，我們英明

偉大的王！』……他聽到了尼羅河的怒吼……尼羅河啊，埃及的母親，引領我到記憶的河吧！記憶……

　　『王，下埃及尼羅河旁抓到麗坦王妃和西撒將軍了。』

　　『去，備馬！我要親自處決他們。』

　　他怒不可遏地躍上馬，一路塵沙滾滾直奔埃及。婚禮將在十天後舉行，麗坦是他的，他是埃及的王，沒有人能從他的手中搶走任何東西，沒有人能！

　　士兵在他面前分列兩行，被長矛圈住的中央，麗坦緊偎著西撒，她的眼緊鎖著西撒，那麼痴痴切切的眼神，她從不這樣看他。

　　『來人，將王妃拖開，殺了西撒！』

　　『不！』她挺身護住西撒，『西撒死，我性命相隨。』

　　『好，妳想死，是不是？』王命令隨從捧來一只銀盤，『這裏有一把短劍和我的王室護身符，妳只能選擇做我的妃，或者──自盡。』

　　不假思索地，麗坦取起利刃便往咽喉刺去。在西撒撲上阻止的同時，咻！法老王的劍凌空射來，擊落了麗坦手中的利刃，一縷鮮血自她的頸項緩緩滑下。

『妳真的寧願死嗎？』

真的寧死也不做他的妃？為什麼？為什麼每個女人都千方百計只求他能看她們一眼，獨獨麗坦卻拒絕了他？他送的稀世寶石配飾，她一項也不肯收，只堅持戴著西撒送的那條貝殼項鍊。他試著深情相待、溫柔以對，在池中種滿她獨愛的水蓮，宮殿的羅帳布簾全換成她最喜歡的淺綠色；甚至為了麗坦，他斷然拒絕了鄰國公主做第二王妃的請求，還險些引發了兩國戰爭，麗坦卻依舊毫不領情。

『為什麼？為什麼妳不能像愛西撒那樣對我？』

她絕然搖頭，『我和西撒是青梅竹馬，從小我就知道這輩子我都會是西撒的人。我只有一顆心，無能為力再給第二個人。』

喝！他仰天怒嘯一聲，掠起隨從的長矛，猛然指向麗坦的鼻尖。銅製的矛頭在烈陽下閃著陰森的青光。不，妳不是西撒的人，給我機會、給我妳的心，妳也可以愛上我！

麗坦無懼無悔的眼神，像千斤巨石重重地捶擊他。他的矛在……震顫，殺人就像殺一隻蟲蟻的埃及王居然、居然下不了手！愛，讓麗坦勇敢，卻讓他軟弱了。長矛，從他的手上哐啷落

地：

　　『來人！將西撒關進地牢，送王妃回宮。』

　　再多的溫柔和慈悲也軟化不了麗坦鐵了的心，他失去耐性了。不要再等十天，今晚他要她成為他的女人。他是埃及的王，他就是埃及的法。

　　羅紗錦褥上，麗坦靜靜地躺著。他像一頭餓獅縱身撲向她，卻悚然發現她的唇已呈絳紫，床側有一只空了的瓷瓶，『快，叫御醫來。』

　　麗坦不能死！他瘋狂地砸毀舉目所見的一切物品，悲痛在他的胸臆間灼灼焚燒著。救活她！她不能死！

　　終於，他聽到麗坦甦醒的一聲輕呼，衝到床側，他的眸中泛起一層水霧：『為什麼妳要這麼做？』

　　麗坦氣若游絲：『我是西撒的未婚妻，除了西撒，這身子不能給任何人。』

　　淚，滾下了他的臉龐。為什麼？愛我，這麼難嗎？

　　愛我，這麼難嗎？

　　他憤然奔出寢宮，吩咐侍女嚴密看守麗坦。如果她不能愛上

他，他也不准任何人擁有她。

　　他將自己鎖在議事廳，夜以繼日埋首政務，不教欲望與愛恨來糾纏。這天，尼羅河上的蓮花盛綻如焰，命人摘來最妍麗的數朵，他歡喜奔回寢宮。

　　『麗坦！麗坦！』一把掀開被褥，裏面只剩一團裹成人形的衣物。

　　『她、她說要休息，叫我……我們在外面守……我們以為……』侍女們全部伏跪在地，嚇得魂飛魄散。

　　他狂怒地將劍一掃，幾名侍女的血瞬間染紅了綠色絲帳，宛如水上盛開的、一朵朵的蓮。

　　『給我找人！翻遍整個王宮也要找到王妃。』

　　一道靈光乍現！他直奔地牢，果然看見地牢的出口幾名被擊昏的警衛，和那兩個人。憤恨將他的愛意燒成灰燼。得不到的，他寧願毀掉！

　　『呀喝！』

　　一聲痛徹怒極的嘶吼，撼動了整個宮殿，動搖了古代歷史，他拔出寶劍，向麗坦和西撒劈了去——

『我是王，任何人都不得違抗我！』

我是王，我是埃及的法老王……

博物館，霍地又大放光明了。

『哇，好森嚴的戒備！才停電不到幾秒，到處就站滿警衛。』適應光線後，大家不禁被眼前黑壓壓的警衛嚇了一跳。

『當然，要是掉了任何一件寶物，他們做一輩子警衛也還不起。』導遊繼續談笑風生，『不過，各位也真幸運，這樣全面停電可能是有史以來第一遭呢。』

凌志兀自怔忡原地，剛才……是夢嗎？然而，在黑暗和澄明交會間，他真的清楚看見一大群古埃及士兵自他身邊散開、沒入牆壁……

一連幾天，凌志不斷夢見自己利劍一揮，麗坦和西撒的頸項立刻飛落，麗坦的頭顱滾至他的腳邊，雙目驚瞪……不，我沒有殺他們，我不是法老王……殷紅的血像噴泉四處飛濺……

殷紅鮮血般的紅毯上，凌志站在紅毯這端，遠遠的那頭是埃及豔后裝扮的雪麗。觀禮的親友紛紛扯開拉炮，讓五顏六色的彩帶織就成空中的虹。雪麗走上了紅毯，走過了花門。

她走過來了。柔情且堅定的眼睛。

她走過來了。幸福而上揚的嘴唇。

她走過來了，走到凌志旁邊的──信澤的身畔。那種眼神、那般笑意，都只為信澤。不為他。

『新郎新娘交換信物。』年輕的牧師宣佈道。

信澤用手肘撞了男儐相凌志一下，凌志才恍然驚醒趕緊在口袋中搜掏，在掏出戒指的同時也搜出了一只甲蟲狀的綠松石。奇怪，那只綠松石怎麼又會跑到他的口袋呢？他分明將它深鎖在保險箱裏了呀！這是法老王陪葬的護身符，放在木乃伊的心臟部位，保護法老王平安前往陰間、順利轉世重生，一旦被發現了，勢必會引起一場不小的國際事件。只是，到現在他還是不明白：在經過重重海關後，它為什麼會出現在他的行李箱正中央？

拉炮在空中迸裂開來，信澤和雪麗在眾人簇擁下坐上禮車，凌志的車隨即緊跟其後，一路奔赴宴客的飯店。從埃及返國後，他的客廳茶几上就放了一套與新郎同色同款的燕尾禮服，上面擱著『男儐相』的名牌。那一刻，他的視線模糊了。他的愛，他對雪麗的愛，真的只待成追憶了嗎？

一隊禮車浩浩蕩蕩在山間蜿蜒。雪麗堅持在這窮鄉僻壤的小教堂舉行婚禮，因為她曾路經這裡時接到了一位陌生新娘拋來的捧花，而且，『我是在那裏第一次吻了雪麗。』信澤說。

　　信澤吻了她！禮車上，信澤側過頭來給雪麗一吻，後方的車中，凌志的指尖深深箍進方向盤的皮套裏，他想起了東京那個下雪的夜，瞬時，囤積的妒怨砰地向四面八方爆裂。

　　『妳踐踏得我毫無尊嚴！』大雪中，他怨懟地控訴著。

　　『我是王，任何人都不能違抗我！』他的耳邊又響起法老王的聲音。

　　綠松石護身符不知何時又跑到擋風玻璃下，幽幽地發出詭異的光芒，就在這時，新娘禮車的車速突然加快許多，車身也左彎右拐地蛇行起來，幾次還險些撞上護欄。凌志撥了信澤的手機：

　　『信澤，你們的車怎麼了？』

　　『煞車壞了，方向盤也不聽使喚。』信澤的聲音抖得十分厲害。

　　『這樣太危險了，信澤，叫司機往山壁這邊撞！』另一邊是懸崖深谷，撞下去只怕……

『不行，方向盤根本動不了……雪麗別怕，有我在。』

雪麗驚悸的哭聲透過聽筒傳來，在一聲高過一聲的尖叫中，隱隱約約夾雜著一個男人的暴喝：『死神啊，對背叛帝王的人揮動死亡的羽翼！』

死亡？他又看見麗坦血淋淋的頭顱上那雙讎怨難解的眼眸，不，雪麗不能死！

凌志決然踩下油門，東轉西閃、萬般驚險地超過了新娘禮車。現在，他在他們的前方。

『凌志快閃開，我們會撞上你。』信澤在手機中大喊。

凌志卻置若罔聞地透過後視鏡跟著新娘禮車忽左忽右，現在，只有一個方法可以止住失控的車！凌志鬆掉油門，減慢速度，就在兩輛車相撞的瞬間，他又看到那些穿著盔甲的古埃及士兵們，走近他：『王，我們英明偉大的王！』……

兩輛車都停了。

那顆法老王的護身符，落在凌志停止跳動的心口上。

『我是王，任何人都不能違抗我！……』

穿越時空的愛與恨

——

03

ABOUT LOVE

沒有人知道這項陰謀，沒有凶器、沒有屍體，也不算是謀殺，
只是——消失，好像他們從不曾存在似地，消失！

『辛亥隧道兩人離奇失蹤，企業家宋永濱懸賞一千萬尋找失
蹤愛女宋湘怡……』看到報上社會新聞大幅的報導，純玉唇角的
笑意像漣漪般，一波波蔓延、泛大……

『他就是我常跟妳提起的郭宇倫，』純玉勾著男友宇倫的手
腕，滿眼盡是藏不住的幸福，『這是我最好的朋友，宋湘怡。』
　　『我們要去陽明山禪園看夜景，妳也一起來嘛。』宇倫邀著
湘怡。
　　『這……不太好吧，你們兩個……我……』自幼在豪門嚴格
的家教管束下，湘怡一直學不會和陌生人、特別是和陌生男人講
話。

『什麼好不好？』純玉不由分說拖著湘怡就走，『我們是焦孟不離的好姐妹，妳忘記我們約定好一起分享生命中所有的喜怒哀樂嗎？所以，凡是我所擁有的快樂、幸福，妳也都可以得到一半。』

　　狂戀熱愛，沒有沖淡兩個女人十幾年青梅竹馬的情誼，純玉、湘怡和宇倫自此成了形影不離的三人行。看電影、野外踏青，甚至連情人大餐，也都成為餐廳中眾人注目的焦點。

　　『拜託，哪有情人大餐是三人份的？』趁湘怡如廁，宇倫低聲埋怨。

　　『唉喲，你有點同情心嘛，情人節湘怡一個人落單，多淒涼啊！我是她唯一的朋友，怎麼可以丟下她獨自去狂歡？』

　　『妳呀，太重「友」輕色了。』宇倫促狹地捏捏純玉的鼻尖。

　　『哦？你是「色」啊？我看你是色——狼！』

　　『唉——』宇倫誇張地歎了一大口氣，『老有個電燈泡，連想跟妳親熱一下都得偷偷摸摸的，好累喔！』

　　『男人不該讓女人流淚，女人不該讓男人太「累」。好嘛，我保證，等她交到男朋友就不管她了，好不好？不要累啦，我會

心疼流淚喔。』純玉裝出一副悲傷心痛的樣子，隨即又出其不意跳了起來給宇倫飛快的一啄，逗得宇倫哭笑不得。湘怡如廁回來，正好撞見了這一幕，她的心中頃間閃過一抹悵然。

　　純玉活潑開朗宛如燦陽，湘怡纖柔敏感恰似皎月，兩個完全不同典型的女孩，就像光和影，神奇的命運讓她們相遇相知，也在冥冥之中將她們一步步推向毀滅的邊緣……

　　辛亥隧道路口，聚集了大批警力和記者，好奇圍觀的人潮更造成周邊交通嚴重的堵塞。企業家宋永濱正親自率領了一大批人馬展開地毯式的搜尋。

　　『人怎麼可能會不見呢？』宋永濱剛毅的臉上有深沈的悲痛聚凝著。連續多日的追蹤調查，得到的仍是一團謎霧，『隧道旁的超商監視器證實，當晚十一點左右看見他們在超商門口，也有路過轎車的行車紀錄器錄到他們騎車進去隧道，可是，卻沒有人看到他們出來。我不相信！就算把整個隧道翻過來，我也要查個水落石出。』

　　搜尋仍在如火如荼進行著，各種耳語也如雨後春筍般竄冒……有人說辛亥隧道本就是鬼魅集中營，宋湘怡和她的男朋友

一定是被抓交替了，問題是就算被惡鬼抓去做替死鬼，總也該留下屍首呀！也有人臆測，男女兩人八成欲火中燒，跑去隧道旁的公墓幽會親熱，不小心跌落深溝或墳塚裡去，但宋家早已將附近翻遍了，別說是兩個人，就算是一隻小老鼠也別想逃出這般嚴密的搜索。此外，更有人斷言，這對男女是有計劃的失蹤──

『宋先生，有人猜，因為您反對他們兩人交往，所以您女兒才會跟男友私奔，故意製造假失蹤。』有記者發問。

『我對我女兒管教得很嚴格沒錯，可是，我──』看遍商場大風大浪的宋永濱也不禁激動地哽咽起來，『我根本不知道她有男朋友！』

沒錯，不只宋伯伯不知情，連純玉也一直被蒙在鼓裡，直到那天，剛昏天暗地考完期末考，她興致勃勃跑去找湘怡，準備邀她和宇倫大肆『慶祝』一番，湘怡家的菲傭說湘怡尚未返家，她只得黯然離開，走到湘怡家的巷子口，她看到了宇倫和湘怡。

朦朧的街燈將他們的身影曳得好長，宇倫旁若無人地凝視著湘怡，然後，輕輕地抬起湘怡的下巴，緩緩地，印上他的唇……

她站在暗處，聽見自己的心在颯颯悲吼。她最要好的朋友居

然搶走了她最深愛的男人！奪去了她的一切！

　　辛亥隧道，十餘天日日夜夜的搜尋依然毫無斬獲，宋永濱似乎一下子蒼老了幾十歲，白了的頭髮，是徹底的心力交瘁。

　　『就算是——死，也該有屍體呀！』宋永濱瘖啞地低語道。那麼叱咤風雲的強者，此刻也只是一個傷透了心的父親。

　　清晨，搜索隊決定放棄了。人潮漸散，喧囂也退盡，微曦的天色中，只剩下純玉、宋伯伯、一位老婦人和一名頷首歛目的中年男子。

　　『宋先生，』老婦人向宋永濱踱近，『我是郭宇倫的媽媽，我跟你一樣願意竭盡所有只求能找到他們，可是……時至今日，我只好藉助其他力量來試試看了。這位是我從內地延請來的特異功能人士，管大師。』

　　那位始終面無表情的中年男子邁開大步走進隧道，邊走邊不停唸唸有詞，就在接近隧道中央時，他陡然站定不動，瞠得老大的雙眼彷彿望穿了牆壁、穿透了一切阻隔……驀地，站在他身後的郭媽媽石破天驚的一聲哀號：

　　『宇倫哪——』

每個人都屏息注視著前方，他們真的看到一輛風馳電掣的機車，宇倫正聚精會神騎著車，後座的湘怡將臉頰緊緊熨貼在宇倫寬闊的背上，兩人眉結深鎖，神情凝重。

『湘怡——』宋永濱也大叫一聲。

機車上的兩人置若罔聞，連眼皮也不曾眨動一下。

老婦人情不自禁撲向前去，但就在這一瞬間，所有的景象突然、突然憑空消失了，一切，又恢復原來的樣子，冰冷的牆、呼嘯的風，彷彿什麼也未曾發生過。

『宇倫、宇倫哪——』老婦人仍兀自對著牆悲聲呼喚。

『太玄了，果然……』雖自恃見過各種匪夷所思的靈異現象，此時大師也被震懾住了。『你們的叫聲他們是聽不到的，因為他們現在置身在另一個時空裡。』

『另一個時空？』

『他們在騎車時忽然衝進了另一個「異次元空間」，也就是我們常說的第四、第五度空間。』

『怎樣才能讓他們回到……我們的空間呢？』純玉追問。

管大師無奈地搖了搖頭，『目前我們仍無計可施，我曾聽我

師父說過，在美國洛杉磯也曾發生一件轎車突然在高速公路消失的怪事，至少有五個人目睹那輛車就這樣憑空不見了。那是二十幾年前的事，我師父在十多年前赴出事地點勘察，看見他們還在異次元空間裡開著車。他們能不能再回到我們的世界呢？沒有人知道。』

『您的意思是，他們就一直這樣，回……回不來了？』老婦人臉上血色乍失，整個人搖搖欲墜。

『簡單地說，他們的時間被定格了，他們可能會永遠停留在他們衝進異次元空間的那一瞬間，就像跳針的唱片一直重複同一個音，他們也許……也許會一直以這種姿勢、這種表情、這種情緒──活著。』

『天哪、天哪──』老婦人『碰』地不支倒地。

清晨的隧道裡，兩個老人心碎的哭泣，引起一陣又一陣空洞的迴音……

純玉呆立在一側，不知該悲？或喜？

是她設計了這齣離奇失蹤的戲碼。她恨他們，他們辜負了她的真情，踐踏了她的信任，她雖然說過要和湘怡分享一切，但、

但這並不包括她的——情人。她永遠忘不了那夜宇倫吻了湘怡，他們竟同時背叛了她！

　　『我恨你們，我詛咒你們不得好死！』

　　她狂亂地從湘怡家巷口一路奔回家，痛哭了一夜。摧心的傷，是淚水也洗不去的痛楚。凌晨四點，不知怎地鬼使神差，她夢遊似地爬下床，走到書架前，順手取出一本早已剝落封面的舊書，她甚至不記得何時買下這本書。無意識地翻動書頁，她的視線渙散地落在某一頁：

　　『*在陰月陰日陰時，讓你恨的人穿過隧道，他將永遠消失。*』

　　永遠消失？她盈淚的眼眸中射出一道陰晦的寒芒。

　　一連數日深鎖在屋裡，讓她的仇恨匯聚成了汪洋大海，終於，她撥了電話給宇倫。電話那頭是宇倫焦切的聲音，『純玉，這幾天妳跑哪去了？電話沒人接、電鈴沒人應，到底……』

　　她打斷了他，『你現在去湘怡家接她，十一點前到辛亥隧道前那家超商門口等我，我有急事找你們。』她的語氣聽不出任何澎湃洶湧。

　　十一點，她叩了宇倫的手機，確定他們到了超商門口，『對

不起，請你們騎過辛亥隧道，我在隧道過來這家 PUB 等你們，馬上過來喔，事情很緊急！』像一個老謀深算的陰謀家，她早已算妥從超商到隧道的時間，她要他們徹底消失，帶著所有的背叛和負心消失在這個世界。

　　沒有人知道這項陰謀，沒有凶器、沒有屍體，也不算是謀殺，只是——消失，好像他們從不曾存在似地，消失！

　　傳說，有人途經辛亥隧道時見過一對男女，多年來一直在同一處騎著車⋯⋯

還

———

04

ABOUT LOVE

今天她不想逃也不要躲了，
她必須去面對她的罪孽、去喚回他們，
即使徒勞無功，也要孤注一擲！

　　她把一箱物品塞進貨車車廂裡，覺得整個人都快虛脫了。

　　『連搬家也都讓我一個人來，真討厭！』她心裡直犯嘀咕。
老公景鑠的公司臨時出了些狀況，一定要他趕去處理，滿屋亂
七八糟的東西，只好靠她一人坐陣指揮，偏偏搬家公司的那幾名
工人粗手粗腳的，才一個早上就打破了她一只名貴的琉璃和三個
水晶杯，害她不得不自己動手搬運一些必須『小心輕放』的易碎
物品。

　　『小姐，這個，還要不要？』一名工人拾起一封自書桌抽屜
夾縫滑落的信。

　　她接過來瞧瞧，霍地，全身劇烈一震，信封上是……是湘怡

的字跡！

　　她抖顫地抽出裡面的信紙。『純玉，我對不起妳，我愛上宇倫了！我知道說再多抱歉也無法減少我對妳的虧欠於萬一。經過兩個多禮拜的掙扎，我選擇了離開，這樣對大家都好。早上我去辦了休學，我想赴美找我姨媽，或許，我會在那裡唸書、談戀愛、成家也說不定。但是，我要妳明白，妳是我最好、最重要的朋友，永遠永遠都是。』

　　這封信怎麼會在她的抽屜裡呢？為什麼這麼多年來歷經兩次的搬家，她都沒發現呢？她匆忙地看了信末簽署的日期，是四年前的六月十七日。

　　四年前！六月十七日！

　　是湘怡和宇倫『遇難』前五天！如果她記得沒錯，那應該是在她唸大三的期末考期間，也就是說，在她撞見湘怡和宇倫的戀情之前，湘怡就已經送來這封信了！

　　信紙，從她輕顫不已的指間滑落，記憶的輪軸開始不停地轉動起來，將一切愛恨嗔痴帶回四年前——

　　『湘怡，我媽說妳已經在房裡等了一下午，真不好意思。』

她急匆匆衝進自己的房間，正好撞見湘怡慌亂地關上她的書桌抽屜。和湘怡相交十數年，她們早就不分你我了，所以對湘怡翻動她的抽屜，純玉也只當湘怡在找筆或字條什麼的。

『哇，今天考四科，差點沒把我烤成燒鴨了。』純玉將自己的身體呈拋物線地丟上床，隨即又垂直地彈坐起來，『對了，今天考中國通史時，怎麼沒看到妳？』

『我、我去辦了休……呃，我……坐在最後面，考完我就先走了，對不起。』湘怡期艾艾道。

『唉呀，沒關係啦，我知道妳一碰到考試，就會整個人魂不守舍的，不過，安啦，以妳的程度一定 all pass 的。』

『我倒不擔心這個，我擔心的是……』湘怡欲言還休，霍然攫住純玉的手，『答應我，無論發生什麼事，我們都是最要好的朋友。』

『當然，我們永遠都是最要好的朋友。』她試圖藉有力的握手來傳遞她的信諾，絲毫沒有察覺到湘怡的異樣——正如她從未發覺那封被卡在抽屜夾縫裡的信一樣。

天……天啊！四年前，她到底做了什麼？她親手殺了她的摯

友和情人，不，不是謀殺，是比謀殺更殘酷的——她把他們定格在另一個時空，讓他們不生，也不死！

原只是一場帶恨的惡作劇，原只想排遣滿腔的怨意，她根本沒把握這種『無稽之談』竟然會真的靈驗！這麼多年來，她的心沒有一刻平靜過。極短暫的報復快感過後，排山倒海的罪惡感幾近將她撕裂吞滅，她強迫自己不去提及他們，甚至連一切會喚起記憶的東西都銷毀殆盡，別人以為她受打擊太深，只有她自己清楚，她刻意遺忘，是害怕愧疚太囓人。

也曾試著亡羊補牢、也曾想過解除這道魔咒，好將他們自另一個世界喚回，然而任她瘋了般翻遍整個屋子，就是找不到那本神秘的舊書，她幾乎查遍了所有靈異相關的書，卻依然一無斬獲。她甚至開始懷疑：這一切只是自己的胡思亂想，根本沒有那本書，沒有她的陰謀，宇倫和湘怡只是碰巧⋯⋯

『小姐，都搬好了，妳要不要跟我們一起坐車走？』

『呃，好，我再巡查一下看東西是不是都搬了？』她環視屋內一圈，然後走到貨車車廂將一箱雜物往內挪了些，『好了，我們可以走了。』

　　純玉往前座移步，沒注意到她剛挪動的箱子上慢慢滑出一本缺了封面的舊書，書掉到地上，一陣驟起的陰風襲來，吹起兩頁剝落的書頁，書頁在風中猖狂地飄舞起來，飛呀飛，最後停在一扇紅色鐵門上，再悄悄地飄落地面。書頁上有明顯的紅筆畫上的幾行字：『*在陰月陰日陰時，讓你恨的人穿過隧道，他將永遠消失……*』

　　貨車一路前駛，就在接近辛亥隧道時，純玉倏地大喝一聲：『停車！』

　　工人『吱』地一聲將車停在隧道口的路旁，不解地側過頭來盯著神情淒絕的她。

　　『我想下來用走的，你們開到隧道那頭等我。』

　　『小姐，不好吧？』工人似有顧忌，『這隧道不太……「乾淨」喔，聽說有人在裡面失蹤，還有人在這裡看到那個「東西」喔。』工人做了一個鬼模鬼樣的恐怖表情。

　　『大白天的，有什麼好怕的呢？』她駁斥道，逕自打開車門。

　　四年多來，她一直不敢路過辛亥隧道，怕罪惡感翻覆她所有強裝的鎮定與平靜，但是，今天她不想逃也不要躲了，她必須去

面對她的罪孽、去喚回他們，即使徒勞無功，也要孤注一擲！

『轟隆！轟隆！』

隧道內，車輛疾駛的回聲震耳欲聾，她帶著贖罪的心情茫然地向前行進⋯⋯

『宇倫、湘怡，你們在哪裡？』她在心中狂喊。

不知從何處冒出來了一張冥紙，正以慢得出奇的速度在空中旋盪⋯⋯又一張⋯⋯一張⋯⋯一張⋯⋯愈來愈多的冥紙遮住了她的視線，彷彿要阻斷她的去路⋯⋯好暗！好暗！她舉起雙手，胡亂地揮動著，揮下成堆的冥紙，然後，她看到他們了。

一樣的機車、一樣的神情、一樣的姿勢，連風吹動湘怡長髮的線條都沒有改變。

『宇倫、湘怡，回來呀，我錯了，你們回來呀──』

一聲淒厲的哭喊，她發狂地向他們飛奔而去⋯⋯


『她叫我們先開過隧道，在這一頭等她，我們等了半天還是看不到她，後來，我們來來回回找了好幾趟也找不到她。』幾名搬家工人驚悸猶存地對著電視台攝影鏡頭說。

　　傳言，像被勁風吹起的花粉般，快速地擴散開來。

　　有人指證歷歷地表示，在隧道裡看到一個邊哭邊跑的女人。電視台紛紛將辛亥隧道視為最佳的靈異題材，許多大師說，辛亥隧道陰氣極盛，正在走霉運或心情沮喪的人特別容易在這裡出事，還有位靈異專家肯定地表示，日前失蹤的那名女子進去了另一個異次元空間，但是因為進入的時間不同，因此和四年多前失蹤的那對男女進去的並不是相同的異次元空間。

　　還有人說……

　　下次，經過辛亥隧道時，聽到有女人哭喊：『回來呀，你們回來呀──』請你千萬、千萬不要回頭。

愛在天長地久時

————

05

ABOUT LOVE

什麼「永遠、永遠只愛妳一個人」，
原來，相同的情話，可以對不同的人說，
同樣的誓言可以向每個情人允諾。
是男人的把戲。

『嘟、嘟、嘟……』

電話彼端砰地掛掉的聲音，也把瑋敏最後一絲耐心砰然擊
碎。她匆匆抓起手提包往門口衝，今晚她非得跟品堯說分明不
可。紅色鐵門甫開，一張泛黃的書頁迎面飄來。

『*在陰月陰日陰時，讓你恨的人穿過隧道，他將永遠消
失……*』

『碎，這寫什麼鬼啊？』瑋敏嗤哼一聲打算把這張紙丟棄，
猛地，腳底一絆，她踩到了──一本缺了封面的舊書！彷彿有股
奇特的吸力，止住了她急著外出的步履，誘引她撿起書、翻開了

扉頁：『宇宙間充滿各種神秘的力量，本書將教你運用這些力量完成願望……』她手一揚想把書扔掉，卻在一瞬間的恍惚中，不自覺地將書塞進手提包。

按了半天門鈴，品堯家仍無人應門。

『不是說要在家趕企劃案嗎？怎麼人會不在呢？』

半個多小時前，品堯才跟她通過電話，盼了數日終於盼得他的音訊，沒料到劈頭第一句話居然是要將婚期延後。這已經是第三次了，品堯總推說工作忙，將婚期一延再延，她其實明白，他根本無意定下來，單身，對一個愛好獵豔的男人來說，無異是一本通行無阻的萬國護照，而當初品堯會同意放棄『護照』訂下婚期，與其說是為了愛，毋寧說是形勢所逼。因為，她懷孕了。

『忘了吃避孕藥？妳怎麼這麼脫線？連藥都會忘了吃，還有什麼不會忘的呢？難怪工作那麼久了還只是一個小職員，真是沒用……』他一逕口無遮攔地數落她。

『你現在會嫌我沒用、嫌我是小職員了？』瑋敏又氣又惱反駁道，『當初公司要派我去國外分公司進修，接替副理的職位，還不是因為你說你最討厭事業心太重的女強人，我才放棄的，現

在你居然……』

『好、好，算我說錯話了，我該死！我該死！』他誇張地學起連續劇中慣用的橋段掌摑起自己來，深知這樣自虐是安撫生氣中女人的絕招。果然，瑋敏立刻心疼地止住他：

『你不要這樣，我又沒怪你。品堯，我看……我們結婚吧。』

『我們當然是要結婚，可是，我現在只是一名小小科長，怎麼養家？養一個小孩要花多少錢和心血，妳知道嗎？』品堯摟住她的肩，堅定道：『我們以後要生多少個都沒關係，但這次——一定要拿掉。』

『可是，我怕——』

『沒什麼好怕的，只是一個小手術而已。』他的吻如春日午後的小雨，紛亂地落在她煩鬱的臉上，『我會記得妳為我受的苦，我發誓，永遠、永遠只愛妳一個人。』

他許了年底結婚的承諾，她走進了手術房。為了他的愛，再苦再痛，也值得。

年底還沒到，他逐漸冷淡疏離，她更加深情以待。為了愛他，低聲下氣，也無怨。

再十分鐘就滿四個小時了。

　　瑋敏枯坐在品堯家門旁通往天台的樓梯間，覺得自己就快要在冷凝的空氣中凍結成一尊雕像了。正當她伸伸僵硬的筋骨、預備離開之際，忽聞樓下由遠而近傳來女人咯咯的嬌嗔和笑罵聲，下意識地，她向頂樓移動幾步，讓自己潛身在漆黑裡。

　　窺視的眼睛在闃闇中炯炯如炬，她看到一名女人的嬌軀深深嵌進品堯巨大的身形裡，品堯一手尋鑰匙，一手不安份地在女人全身上下爬竄著。

　　『說，妳什麼時候才答應嫁給我？嗯？我的小晶盈。』

　　晶盈？洪晶盈？是品堯口中那位『咄咄逼人、男人瞎了眼才會娶她』的女上司？躲在樓梯間的瑋敏嘴巴張成了大大的圓形。為什麼？為什麼男人在挑選女人的『品味』上如此善變不定呢？她不懂。

　　『你不是已經有知心女友了？』

　　『什麼知心女友？只不過是一個死黏活纏的無聊女人罷了。』品堯的喘息愈來愈混濁，他的手正貪婪地伸進女人的胸口，

『妳還不相信我嗎？晶盈，我永遠、永遠只愛妳一個人……』

砰地一聲關門，震得瑋敏的心支離破碎。她不知道自己是怎麼離開、怎麼回到家的，只隱約覺得自己飄盪在驚濤駭浪間，似乎下一秒就會被吞沒……浮沈間，她瞥見身側躺著下午撿到的那本舊書，幾欲解體的書中散出一頁紙：

*『讓你和心上人天長地久的秘法──找一具古老掛鐘，當時間停在十時十分，讓他講出當初的誓言，你們就會永遠廝守在一起。』*

見鬼！胡說八道！瑋敏忿忿地將書往床沿一撥，再度將頭埋進被褥裡，任淚無休無盡泛流。為什麼當女人給了男人一切，男人卻只當得到一只玩具？為什麼女人付出愈多，男人卻愈不屑一顧呢？什麼『永遠、永遠只愛妳一個人』，原來，相同的情話，可以對不同的人說，同樣的誓言可以向每個情人允諾。是男人的把戲。

妒恨似火種，不甘是乾枯的柴，它們在瑋敏的心田熾烈燎燒著。冥冥中，有個聲音在她耳旁反覆低喃：*『讓你和心上人天長地久的秘法，天長地久、天長地久……』*

她失神地爬下床，撥了他的電話，讓鈴聲響成暗夜中的催命符，嘟——嘟——響到第十二聲，品堯昏睡不耐的聲音傳來，『喂？』

　　『求求你，明天晚上九點過來一趟，好嗎？』

　　那端傳來女人模糊的囈語，品堯只得掩住話筒、低聲倉卒地應允了。


　　一切，都在她的安排中——精心打扮過的自己，幾盞七彩的燭台，一屋子爭妍的鮮花，空氣中流洩的是他們最愛的那首歌：『愛情這東西我明白，但永遠是什麼……』羅大佑的吶喊，永遠是什麼？永遠……

　　九點五十分，遲了近一小時，品堯進來了。男人一旦變了心，遲到似乎便成必然。瑋敏燦笑地迎上前，『你又遲到了。』

　　『忙啊！我只能待半小時，還得趕回去加班呢。』他煩躁地閃開她的親暱，匆匆抬眼望了一下時鐘，『咦？哪來這個怪鐘？』

　　『古董店找到的，有魔法的哦！』她說得似真若假，『對了，你昨天提到延後婚期，我想通了，只要你還愛著我，晚一點結婚

也一樣，對不對？』

　一聽她同意了，品堯心情大好，連著給了瑋敏兩個響吻，『對嘛，我又不是不娶妳，這樣乖乖的，才是我的好老婆。』

　瑋敏端來兩杯紅酒，燭焰燦燦中，晦紅的酒汁，看來竟有些驚心。

　『我能不能有個小小的請求？』她瞥了老掛鐘一眼，十點七分，『我要你再對我說一次「永遠永遠只愛妳一個人」。』

　只要他說了，他們就可以永遠廝守了嗎？用什麼方式廝守她不在乎，只要跟品堯天長地久，她什麼都，不在乎。

　品堯無奈地敷衍道：『好、好，我說，我永遠永遠只愛妳一個人。』

　她的眼中有波光閃動。十點八分。她為彼此添滿新酒，舉杯互敬，讓一甌紅灩緩緩流進凝噎的喉間。十點九分，她偎進品堯的懷中，『求求你，再說再說，不要停。』

　『我……永遠、永遠只愛妳一個人，永遠永──』

　十點十分。音樂驀然停了，不，應該說，屋裡的一切都靜止了。

風，停了。時間，也停駐了。

他們，永遠在一起了。

守住山盟海誓，地老天荒，永遠在一起。永遠……

瑋敏的家人在她『失蹤』後，整理她的遺物時發現了那本舊書，隨手便把它扔進垃圾桶。

你，見過那本掉了封面的舊書嗎？

牆上的人臉

───

o6

ABOUT LOVE

偶爾，有人路過時，還會聽見女人的哭聲和歎息，
不過，據說只有曾變心過的人才會聽到女人幽怨地追問：
「男人為什麼都這麼善變又無情呢？為什麼……」


『喂，我真的覺得有雙眼睛在偷窺我們。』

愷中還在上面激烈起伏著，聽到婧琪這句話，頓時像只洩了
氣的皮球般疲軟下來，歎了口氣、翻身倒向床側，光溜溜的身軀
無意中碰觸到牆壁，一股寒意遽地傳遍了他的全身。這般溽熱的
七月天，冷氣機壞了不能開，他居然還會連打兩個哆嗦，這種事
要是被辦公室那群『風流同好會』知道了，肯定會帶著曖昧的眼
神咭咭嘲笑他：『你呀，一定是房事過多、身體太虛啦。』

見他突然意興全無，婧琪滿心愧疚，『對不起，我不是故意
的，可是我真的感覺有……』

『算了，沒關係。』

『那──你還愛不愛我？』又來了！

『愛──我當然愛妳啦。』他敷衍地回以千篇一律的答案。當初剛交往時，愷中還覺得她什麼事都要黏黏地問上一句『你愛不愛我』的樣子很天真爛漫，可是，現在他卻愈來愈無法忍受，連當初看上婧琪的青澀和清純，如今看來也都成了乏味與愚蠢。尤其最近他好不容易擊敗了其他『風流同好會』的同事、搭上了新來的性感助理麗莉之後，他更是巴不得馬上甩掉黏人的婧琪。

正在苦思如何擺脫之際，公司人事調動命令下來了，要調他和麗莉到高雄辦事處，這麼一來，他不但可趁機丟掉婧琪這個燙手山芋，還可和麗莉一起雙宿雙飛、雙雙對對、雙人枕頭……

今晚，在調職之前，他興致勃勃打電話約了婧琪，電話那頭婧琪居然喜極而泣，她可能以為終於守得雲開見月明、度過兩人感情的黑暗期了，根本沒想到他只是想來個臨去秋波，不、不、應該說是『臨去溫存』才對。

『你看嘛，牆上的人臉愈來愈明顯了。』婧琪推了推躺在身側的愷中。近幾個月來，婧琪老說他床邊那面牆上的水漬看起來彷似女人的臉龐，她還『指證歷歷』地道：『喏，這是眼睛、這

是鼻子，還有嘴巴。』

　　他總斥她胡思亂想，『拜託，這只是水管漏水滲出來的水跡罷了，過兩天我叫房東找人來檢查。』水管檢查過後，痕跡並沒有褪去，反倒一天天加深鮮明起來，不久，竟開始滲出銹紅宛如鮮血的水來。剛發現時，婧琪驚恐地尖叫出聲：『牆……牆上的女人在流血。』

　　『一定是水管生銹了，唉，這種幾十年的老舊公寓就是這樣。』他並不以為意，在台北市區要找到這麼『俗擱大碗』的房子已經很不容易了，漏點水、油漆剝落也是在所難免。

　　不過，難得今晚他心情不錯，乾脆煞有介事地順著婧琪的話逗她：『嗯，愈看是真的愈像人的臉呢，妳看，這裡像不像睫毛？』

　　婧琪害怕地蜷縮進他的懷裡，『我覺得這面牆有點……陰森，好幾次我們在做……那個的時候，我都感覺到牆上有一對眼睛在偷看。』

　　『偷看？好啊，歡迎參觀比較呀！如果偷看的是男人，我保證他看到我這麼猛，一定自卑得要死；要是女人，哈哈，絕對會

「哈」個半死。』愷中狂妄恣意地大笑起來，不經意間，腳踢到了牆，登時，又是一陣澈骨的冰涼。

送走了婧琪，他倒頭呼呼睡去。午夜。有液體滴落他的臉上，過了幾秒，又一滴，他以為在作夢，恍惚地用手背抹了抹臉，濕濕的。

『什麼鳥房子？又在漏水了！』愷中在心裡暗咒兩句，勉力張開眼瞼。

月光，照著床側的那面牆清晰可辨，水，是從牆上滲出來的，正確來說，是從──牆上的『眼睛』滴下來的。

眼睛？真的是眼睛！

透過月光，他真的看到牆上黑白分明的眼睛，長長的睫毛一眨、又一眨，還有在牆上突起的鼻梁……他一定是在作夢，一定是在作夢！他奮力捏了自己大腿一把，哎喲！

牆上的眼睛繼續流出水來，他的全身卻不聽使喚、絲毫也動彈不得，任由水滴落在他的臉上、滑流到他的唇間，鹹鹹的。是眼淚！

『唉──』

這麼長聲悲淒的歎息，聽得人愁腸百轉、五臟欲裂。換做平時，愷中肯定會英雄救美、柔聲安慰，甚至不惜以身相『惜』，然而，此刻他只覺得寒毛直豎、胸口揪緊，渾身不由自主地劇烈顫抖起來。

『唉，為什麼男人都這麼善變又無情呢？』

牆上的……嘴巴開口了。愷中使盡吃奶之力想大叫救命，喉嚨裡，卻只能發出微弱的啊、啊聲。

『他說過愛我一輩子、說要娶我，可是……他竟然有了別的女人、還打算拋棄我，嗚──』牆上的女人嚶嚶哭了起來，滴下更多的水，『我們大吵一架，他打了我，我一時氣不過衝進廚房拿了把菜刀，想跟他同歸於盡……』

女人無視愷中的驚愕，自顧自地說起她悲慘的遭遇。『結果，我們拉拉扯扯時，他失手殺傷了我……』她不支倒在血泊中，男人卻狠心地袖手旁觀、眼睜睜看著她氣、絕、身、亡。趁夜，男人將她的屍體搬到這棟當時已蓋了一半的工地來，將她塞在兩堵牆中間，一塊一塊砌上磚頭……

『我要他償命。』女人說得咬牙切齒。

『那妳應……應該去……去找他才對呀。』他終於斷斷續續地迸出了一句話。

『我找了好久，才發現他幾年後也死了，當我追到陰間去時，他已經投胎轉世了。』

『妳……放了我，我幫……幫妳找……找他。』

女人陡地停止哭泣，輕笑數聲，『我已經找到他了，沒想到今世的他一樣是個負心漢，玩弄感情、始亂終棄……唉，你、你為什麼就是改不了呢？』

『我？不不不…..』愷中瞪圓雙眼，嘴角抽搐著：『不是我，妳找錯人了，不是我、不是……』

天明了，又暗，暗了又明。數日後，樓下的住戶聞到一股惡臭，請來警察破門而入，結果，映在眼前的情景教所有人都不禁腳底發軟、背脊發涼。

愷中的身體緊緊地嵌進牆裡！頸上插了把早已鏽得面目全非的菜刀。

『真離奇的死法！』一位老警官嘖嘖道。

法醫和多名警員動用了不少工具、折騰了大半天，終於將屍

體自牆上拔了出來，更叫眾人驚悚的是，拔出來屍體後面竟⋯⋯竟還有一副女人的屍骨，至少死亡三十年以上。

牆側，有四個鮮紅的字：『負心者死』！

凶案發生後不久，公寓內的住戶便一個一個遷走了，荒廢的公寓變成寸土寸金的台北都會區裡罕見的奇景。偶爾，有人路過時，還會聽見女人的哭聲和歎息，不過，據說只有曾變心過的人才會聽到女人幽怨地追問：

『男人為什麼都這麼善變又無情呢？為什麼⋯⋯』

美人魚的眼淚

——

07

ABOUT LOVE

被心愛的人背棄了的美人魚，到底怎麼做到無怨無悔呢？

不！她體會不出來！

狂烈的熱愛，為何終究是一場空呢？為何到頭來徒惹心碎神傷呢？


『美人魚聽到王子要娶鄰國的公主傷心欲絕，但是，她寧可犧牲自己的生命也不願傷害王子。這種絕望的悲哀，妳一定要用心揣摩才行，OK？好，重來一遍。』

製作人給晶晶一個 OK 的手勢。控音師撳下『PLAY』，前奏音樂自晶晶的耳機裡輕緩流瀉而出，默數著節拍，晶晶幽幽地啟唇輕唱了起來，唱到第四句，耳機突然傳出『吱——』尖銳的雜音。

『搞什麼飛機？怎麼會有吱的聲音？』製作人勃然咆哮拍著桌子，嚇得音控師連忙檢查儀器。

『晶晶，感情還是不夠，第四句「帶離」這兩個字，音準也不對。』

重新再來一次。只要唱到晶晶最沒把握的第四句時，機器就會發出怪聲，如此反覆三、四次後，製作人終於失去耐心，氣急敗壞地喊了停：

『音控師，你給我徹徹底底檢查一遍。還有，晶晶，你在唱什麼東西呀？唱得連個新人都不如！』

晶晶沮喪地取下耳機，走到錄音間外的沙發上落了坐，助理小蓮體貼地送上一杯熱茶。『晶姐，妳還好吧？』

『哦，沒事。』

她虛弱地擠出一抹比哭還難看的笑容。自從她的男友兼唱片製作人東鉉過世後，太多的流言和同情壓得她幾乎快喘不過氣來。每個報章雜誌都以極大的篇幅報導了東鉉車禍身亡的消息，而車禍當場唯一的目擊者——也是當時坐在前座而倖存的三級片新秀徐貞妮，更登時成為所有新聞的焦點。

『是的，我和東鉉是一對戀人，我們已經交往兩個多月了。』徐貞妮在記者會上對著鏡頭哭得梨花帶雨，『但是為了怕傷到

「某人」，我們一直都很祕密地在交往，他真的很愛我，為了幫我擺脫豔星的形象，他還開始著手替我寫一些歌，沒想到……他就這麼走了。嗚——撞上安全島時，東鉉還怕我會受傷，把方向盤打偏，讓自己撞上去，嗚……東鉉永遠活在我的心中，我愛他！我愛他！！』

　　幾乎每份報章都鉅細靡遺地刊載了徐貞妮的這番情愛告白，還露骨地報導東鉉成名以來交往過的一連串女友名單及緋聞。在媒體渲染下，東鉉成了玩世不恭的花花公子，卻在浪子回頭尋到徐貞妮這位真愛後慘遭天妒，成為車下亡魂。

　　這些八卦報導讓晶晶陷於異常困窘難堪的處境，每個人都用看棄婦的眼光來看待她這位東鉉的『前女友』，好像她只是花花公子始亂終棄的玩物，連三個多月前在金馬獎頒獎典禮上東鉉當眾向晶晶求婚的那一幕，如今也成了天大的諷刺。

　　『唉，我早就告訴過妳，東鉉太花心了，妳抓不住他的，妳偏不信，唉！算了，人都走了，妳就別再傷心難過了。』一些不著邊際的安慰，如利刃般割得她遍體鱗傷，尤其在東鉉的喪禮上，徐貞妮儼然以一副未亡人之姿披麻戴孝出席，更讓前去弔唁

的晶晶成為眾人指指點點、嘲諷譏笑的目標。

　　『謝謝大家來送東鉉走完最後一程，雖然東鉉死了，我對他的愛仍沒有死，因為──』徐貞妮在喪禮上對媒體宣佈道：『因為，我已經懷了東鉉的孩子！』

　　嘩──

　　蜂擁而上的記者團團圍住徐貞妮，鎂光燈將徐貞妮閃耀成最燦爛的明星。沒有人注意到正掩面奔出靈堂的晶晶。

　　東鉉的死，不只帶給晶晶無比的哀痛，更帶來了被背叛的恥辱。她將自己禁錮在內湖的別墅裡，拒絕與外界接觸，然而，電視報章上不斷的後續報導，仍陰魂不散一刀一刀剮著她的自尊，只要一打開電視、翻開報紙，躍入眼裡的盡是──

　　*東鉉的歌迷發動『讓東鉉「遺愛」人間』簽名活動，支持徐貞妮生下遺腹子……*

　　*『真愛的代表』徐貞妮說：為了愛，甘為『不婚』媽媽，生下孩子後將終身不婚……*

　　*徐貞妮談永遠的摯愛──東鉉……*

　　*三級片女星徐貞妮脫胎換骨，成了都會女子『敢愛敢當』的*

代言人……

*徐貞妮新唱片大賣！她的另類唱法正隨著她的鮮明形象，帶動新流行，成為青少年瘋狂崇拜的偶像……*

*徐貞妮浴室滑倒，流產……*


徐貞妮流產了！影劇版的頭條紛紛以超大的黑字刊載了這則惡耗，照片中，徐貞妮哭得肝腸寸斷，東鉉與徐貞妮的歌迷們也為這『愛情結晶』的殞落，泣不成聲。

日子過得極其緩慢，悲傷依然摧心搗肺，但是，礙於唱片合約，還等不及傷痛平復，晶晶便得強自振作起來投入新唱片的錄製工作。

『OK，晶晶，準備重錄了！』製作人在音控室嚷道：『記住，這首歌描述的是一個很美麗的傳說，美人魚在愛情和生存之間的那種掙扎，還有，最後毅然選擇犧牲生命那種無怨無悔的痴傻，妳要是不能精準地表達出來，這首歌就完蛋了。』

被心愛的人背棄了的美人魚，到底怎麼做到無怨無悔呢？

不！她體會不出來！狂烈的熱愛熾情，為何終究是一場空

呢？為何到頭來徒惹心碎神傷呢？不！對負心的人，她做不到無悔，更無法不怨，她做不到！

『OK？好好唱！』製作人發號施令。

晶晶深吸口氣，緩緩地張口──

『不行，不行，味道不對！』

再一次──

『不對，不對，感情呢？妳到底會不會唱呀？笨蛋！虧妳還得過獎，唱這什麼跟什麼呀？』製作人的吼罵透過耳機傳來，震耳欲聾。

吞下委屈的淚，晶晶咬了咬下唇，再度深吸口氣，當前奏又響起時，耳機上突然出現了男人低低切切的呼喚：『晶晶！』

隔音玻璃對面的音控室中，製作人、控音師和唱片公司的企劃全都閉緊嘴盯著她，沒有人開口。

耳機裡又傳出男人的聲音：『晶晶，我沒有背叛妳。』

她想叫卻發不出聲來，一陣悸動穿透了她，那聲音是──東鉉！

音控室的人也都瞪大了眼睛，音控師慌亂地檢查各個儀器，

製作人的臉慘白得可怕。沒有人敢開口。

　　『我承認我跟徐貞妮有過一夜情，可是我一點都不愛她，是她一直纏著要我幫她製作唱片，我沒有答應……』

　　叭！音控師關掉了機器總開關。可是，晶晶的耳機裡，仍可以清晰地聽見東鉉：

　　『那晚，徐貞妮耍賴硬坐上我的車，我叫她下車她不聽，還說要告我強暴她，後來，我們在車上拉拉扯扯，她用力扭著方向盤，結果我就撞上……晶晶，相信我，我愛妳、我愛妳──』

　　我愛妳──

　　每個人都聽見了，每個人都聽見東鉉來自陰間的告白，在錄音室裡，迴盪著。


　　晶晶的專輯甫發售，即受到空前的好評，那如泣如訴的歌聲撼動了無數人的心，尤其主打歌『美人魚的眼淚』中第三、四句『即使我是如此真心愛你，夜還是將你帶離了我』，更是唱得淒美至極。

　　然而，隨著這張專輯的狂賣，各種傳言正像瘟疫般迅速散播

著。有人說，在主打歌中的第四句聽到東鉉的和聲；也有人繪聲
繪影指證，晶晶的MV中遠遠的窗口有個人影，就是東鉉的幽靈，
甚至，還有人言之鑿鑿表示，晶晶的演唱會中央那個特別為東鉉
保留的座位上，出現了東鉉的身影……

　　真相如何，沒有人曉得。

　　傳說，依然在傳說。

　　　後記：錄音室裡的靈異事件總是層出不窮，也許是因為錄音
室裡的電磁波太強，所以，特別容易吸引一些陰間的朋友吧。以
上故事『部分』取材自真實事件，那位在耳機裡聽見故人聲音的
歌手，目前仍活躍在演藝圈哦！

不是一個人的婚禮

08

ABOUT LOVE

就像有些父母在子女過世後仍「當孩子還活著」，
在飯桌上為孩子留一付碗筷，
欺騙自己「敦偉還活著」，也許是婉柔至今仍沒崩潰的原因吧。

看婉柔穿著一襲雪白的婚紗自更衣室步出，我們的眼眶都濕
了。

『好不好看？』婉柔撩起裙襬，翩然兜轉了兩圈，『這是敦
偉選的，很有眼光，對不對？』

大家都噤聲不語，生怕一開口就會失聲哭了出來。敦偉失蹤
已經十餘天了，雖然救難小組搜尋了五天五夜，卻仍打撈不到敦
偉的屍體，但從船艇支離破碎的殘骸看來，敦偉恐怕是凶多吉少
了。

自敦偉出事後，身為婉柔的手帕交，我和阿嬌便義不容辭地
輪流留下來陪伴婉柔，怕的是曾多次自殺未遂的婉柔會承受不住

打擊，再度尋短。婉柔和敦偉苦戀了八年，好不容易婉柔的父母在心疼女兒的『死諫』後，勉為其難答應了婚事。眼看有情人就要成眷屬了，居然會發生這樁慘劇，『真是造化弄人啊！』每個人都忍不住唏吁道。

　　沒想到婉柔出奇地平靜，只有在失事頭一、二天歇斯底里地死揪著救難人員的手臂不放：『求求您再找找看，求求您！他一定還活著，他不會丟下我的……』幾天後，當救難隊決定放棄搜尋時，婉柔居然只是深深地向辛苦的救難員鞠了一個躬，便在我們的陪同下悄然離開基隆港口，連一滴淚也沒淌。然後，每天正常地上下班、準時地上床起床，甚至一如往常固定在晚上十點守著敦偉的來電。

　　我和阿嬌只有悽然地陪在她身側，無言安慰。

　　十點整。『滴鈴鈴——』手機鈴聲刺耳地響起，把所有人都驚得彈跳起來。婉柔執起電話：

　　『喂？敦偉呀。』

　　怎……怎麼可能？我悄聲貼近婉柔，卻聽不見手機那端有任何人聲。

『……好，這兩天我會早點睡。』婉柔仍兀自對著手機滔滔不絕，『放心，禮拜天早上我會漂漂亮亮地到阿忠那兒拍照的。』

我陰鬱著臉走出房間，面對阿嬌投來的疑惑眼光，悵然地搖了搖頭。不會是敦偉！遇到那麼狂烈的暴風雨，船都毀了，人怎麼可能還活著？

但，如果不是敦偉，又會是誰打來的呢？一連數晚，手機都準時在十點響起，我甚至直接摟住婉柔、貼緊手機，那頭卻只有咻咻風聲，和似真若幻的浪濤聲。

「會不會是……敦偉的鬼魂？」阿嬌顫聲問。

『少亂講了，妳！』雖然表面上力斥阿嬌的無稽之談，其實，我也被嚇得心底直發毛。

『那到底是誰這麼無聊呢？打電話來又不出聲。』

會是誰呢？疑團還不及解開，婉柔便一頭熱地投入婚禮的籌備，看她忙得不亦樂乎，我們實在不忍心戳破真相，只好硬著頭皮陪婉柔來拍婚紗照。我們兩個準伴娘尷尬地佇立在一旁，瞅著鏡頭前少了新郎的新娘正興致高昂地擺弄姿勢。

『敦偉，你的領結歪了。』婉柔揚手對著半空比畫了半晌，

『嗯，你穿燕尾服實在是太帥了！阿忠，接下來我和敦偉做什麼動作好呢？』

攝影師阿忠是婉柔和敦偉的大學同學，面對只有一人的婚紗照又不得不配合婉柔伴裝是『一對』新人，老實的阿忠演來煞是吃力。空檔時，阿忠把我拉到一旁竊語：

『婉柔是不是……精神失常了？』

『唉，她只是不肯接受敦偉已經死了的事實。』我心痛地瞥向婉柔，她正開心地對著空無一人的男更衣室說笑。就像有些父母在子女過世後仍『當孩子還活著』、在飯桌上為孩子留一副碗筷一樣，欺騙自己『敦偉還活著』，也許是婉柔至今仍沒崩潰的原因吧。

有時，逃避，是讓人活下去的唯一方法。

問題是，拍照時可以假裝有敦偉的存在，但婚禮呢？總不能教所有親友來參加婉柔『一個人的婚禮』吧？

我們誰也阻止不了婉柔幾近瘋狂的舉動，只能眼睜睜看她在婚禮的前一晚還慎重其事地打電話給眾親友，將喜宴改在敦偉出事的基隆港口附近一家餐廳。

　　『這樣不好吧？』我試圖阻止她，『明天的喜宴……不太適合辦在……那個地方吧。』當然，地點並不是主要的因素，我擔心的是——新郎的『缺席』。

　　『不，敦偉說他喜歡那裡。』婉柔斬釘截鐵地，『敦偉說那裡可以看到海、聽到海、聞到海、感覺到海……』

　　勸不動婉柔，我和阿嬌研議了一晚，決定明天赴宴看婉柔到底葫蘆裡賣什麼藥，必要時不惜嚴詞厲色激醒婉柔。適度的逃避，是可以被原諒的，但過分的耽溺，則無異於慢性自殺。婉柔陷得太深了。

　　餐廳裡，只有寥寥幾位好友出席，沒有紅幛、沒有喜氣，連『賀客』都面容憂戚，『她到底怎麼回事？人都死了，怎麼還通知我們參加婚禮呢？』眾人議論紛紛，焦躁地等著看婉柔如何進行這場婚禮。突然，有人張惶地衝了進來：

　　『港、港口那邊有兩具浮屍，一男一女，都穿著禮服。』

　　心中掠過一絲不祥，我們也跟著其他好奇的客人趕到港口，一層層圍觀的人群遮住了視野，我拉著阿嬌便往裡鑽。人群吱吱喳喳：

『好像是一對新婚夫妻，不會是殉情吧？』

『奇怪！太奇怪了！』一位老先生納悶地嘟囔，『那男的看來起碼死了一個月，全身都泡爛了，連五官都看不清楚，可是那女的頂多死亡不超過一天。』

聽到老先生的臆測，我的心更往下沈了幾分。艱難地排開人潮，走近陳屍處——

啊！

我和阿嬌都不禁尖叫起來，『是婉柔和……敦偉！』

他們穿著當初選好的結婚禮服，緊緊相擁。婉柔略微浮腫的臉龐沒有一點苦痛，彷彿只是沈沈地睡著……

此時，攝影師阿忠驚慌失措地跑近我們，面色鐵青遞給我們一大疊照片。當我把照片取出來時，整個人瞬間像被電殛似的，震懾地說不出一句話來。

照片裡，嬌美的婉柔身邊站著的正是——穿燕尾禮服、燦然淺笑的敦偉！

紅絲巾

———

09

ABOUT LOVE

就在車子剛啟動、他探出頭來和飯店服務人員揮別時，
他看見那條應該在提袋中的紅絲巾，
正掛在四樓房間的陽台上，迎風招搖！


這次，他確定不是自己的錯覺。三步併作兩步衝去開了房門，
門外卻空蕩蕩的，連個鬼影子也沒有。

剛剛和同團的蜜蘭溫存時，他就依稀聽到好幾次敲門聲。

做導遊就是這點煩人，客人八成以為導遊是 7-11，也不管已
經深夜了，一下子問導遊要頭痛藥，一會兒又要他帶大家出去逛
夜市血拚，甚至還有女孩子臉不紅氣不喘地向他要衛生棉。

不過，做導遊也不盡然都繁瑣乏味，像今晚他剛陪一大群婆
婆媽媽逛完百貨公司回來，沖了澡正準備就寢，門外就響起輕輕
的叩門聲，是從今早初見面便一路對他眉目傳情的蜜蘭。他含笑
讓她進來『聊天』，當然知道她所謂的『睡不著覺，想找人談

心』只是藉口，所以聊不到十句話，他就伸手攬她入懷。多年的帶團經驗，他很了解有不少女孩一出國就『道德放兩旁、色字擺中間』，無所顧忌來場『淫花戀』，果不其然，蜜蘭這個『乾柴』一經撩撥，馬上就燃起了熊熊烈焰。

正當『燃燒』到最高潮時，他聽見了剝剝的叩門聲，一下又一下，輕柔又帶些許踟躕，擾得他不斷分心。好不容易，結束了衝刺，送走了蜜蘭，叩門聲卻突然不響了。就在他以為對方不會再來敲門時，他又聽到了——

『剝、剝——剝、剝！』

他整個人彈跳起來衝去開門，卻只看到空晃的走廊上昏黃的燈。之後，每隔幾分鐘就響起一陣敲門聲，以為有人故意惡作劇，他躡手躡腳躲在門後，待敲門聲一響，便猛地打開門，可是，走廊上仍然空無一人。他試著透過門上的貓眼對外窺視，又趴下來藉門下的細縫向外瞧，結果還是一樣，什麼也沒瞅見。只有敲門聲依舊持續每隔一陣子就響起一次。

『該不會是……那個吧？』他快速地在腦海裡檢閱前輩導遊曾提過的『黑名單』，這家飯店應該不在『鬧鬼』的紀錄之列呀。

既然不是鬧鬼，他索性壯起膽來將房門大開，看看是誰在搞鬼，沒想到敲門聲居然停了，他躺在床上等得昏昏沈沈，不知過了多久，終於，又聽到了『剝！剝！』聲，他箭也似地衝至房門口，只看到一條紅絲巾正以一道極優美的弧線輕輕舞動著，然後，緩緩、緩緩落到地上。

　　他執起紅絲巾，聞到一抹淡淡的、幽幽的女人香水味。

　　『可能又是某個孤枕難眠的女客人吧。』他竊喜地暗忖道。

　　翌日一早，到飯店餐廳用餐時，他故意把紅絲巾擱在餐桌上，看會不會有人主動過來『自首』，好半天，只有幾個同團的歐巴桑好奇地過來問他在哪買到這麼漂亮的絲巾。

　　『我在走廊撿到的，應該是我們這團哪個團員掉的吧。』他答道，眼睛卻刻意瞟過團員中幾位單身的女郎。

　　退房時，他順手將絲巾擱在櫃台上，忽然，一位老行李員指著紅絲巾驚呼了出來，『啊，那不是……』飯店經理聞聲跑過來，一看到那條紅絲巾，臉色立刻大變，緊張地把他拉到大廳一旁，邊打躬作揖邊示意服務人員捧來一份紀念品送他。

　　『到底是怎麼回事？這絲巾是誰的？』憑導遊的直覺，他確

定事有蹊蹺。

　　經理只一逕道歉，什麼也不肯說。探不出究竟，他只好集合團員準備離開。上遊覽車前，他瞥見剛才發出驚呼的老行李員正在男廁門口探頭探腦，他交代司機幾句，便快步奔向男廁。

　　老行李員果然是在等他，一見他來就忙不迭地問道：『先生，你昨晚是不是……呃，是不是有跟女人……』

　　『怎麼了？那條紅絲巾是誰的？』

　　老行李員向門口張望了一下，抑聲附耳告訴他，數年前有個導遊和同團的女客人上床，沒想到導遊的老婆居然追蹤到飯店來，為了捉姦成雙，導遊的老婆從隔壁房間陽台攀爬過去，一不留神，失足從四樓墜落到地面，在送醫途中不治身亡，而她身上繫著的紅絲巾就勾掛在導遊房間的陽台上。

　　『平常倒是沒事，但從此以後只要有導遊和女客人做……就會聽到敲門聲，然後，紅絲巾就出現了。』

　　顧不得老行李員詢問的眼神，他跟蹌地奔出男廁。難怪、難怪前輩們都沒有人提及這碼事，因為遇到這種事等於承認自己……

他衝上遊覽車，想取出放在手提袋中的紅絲巾，然而不管怎麼左翻右尋，愣是找不到絲巾的蹤影。就在車子剛啟動、他探出頭來和飯店服務人員揮別時，他看見那條應該在提袋中的紅絲巾，正掛在四樓房間的陽台上，迎風招搖！

穿過妳的身體的我的心
——
10

ABOUT LOVE

他相信終有一天，

郁馨會在他的呼喚下悠然醒轉，坐在床沿等他進來，

然後，朗聲地回答他：

「我──很好。」

『妳，好嗎？』

郁馨對著鏡裡的自己輕聲問。她的手無限憐愛地撫觸著自己的臉龐，宛如情人間的親暱愛撫。摸臉，如此簡單的舉措，在幾天前還是不可能實現的奢想。她的甦醒，是整間療養院、也是國內醫界的奇蹟。

這些天，大量媒體蜂擁而來，郁馨的主治醫師頓時變成『現代華佗』，也成了鎂光燈追逐的焦點，而她這位『當事人』只在記者會出席接受拍照外，便一直被院方嚴密地保護著。『她剛從一年多的沈睡中醒來，必須接受更詳盡的檢查和治療。』是療養

院對外宣稱的理由。

　　她很清楚，院方之所以如此嚴加看護，其實是不想教外界知道：連他們也搞不懂一個像植物人般全身癱瘓了一年多的『閉鎖症』患者，為何會在一夕間清醒，而且立即復原一如常人？

　　除了不斷接受院方安排多如牛毛的檢查外，她還得分神應付千方百計偷闖進來的記者和親友。好不容易能獨處時，她會把自己鎖在浴室裡。昨天下午她在假寐，聽見母親抑低嗓音問前來探望的主治醫師：

　　『不知道為什麼她老是躲在浴室對著鏡子自言自語，她以前不會這樣的。』

　　『可能她癱瘓太久了，所以一旦醒來就想確定自己是不是真的好了。』醫師耐心地為母親解說，『許多人以為植物人是無知無覺的，其實像這類「閉鎖症候群」的病人，雖然不能動也無法言語，但是他們體內可能潛藏著一個意識清楚、甚至比常人更敏銳的靈魂。』

　　沒錯，在癱瘓期間，郁馨還是能清楚地意識到周圍的一切──一年多前的那天，毫無來由地昏倒在路旁後……當她自昏

迷中悠悠醒來，看到母親哭得紅腫的雙眼，她用盡全身力氣、卻發不出任何聲音來安慰母親的悲痛心碎；父親和醫師沈重地討論病情時，她不只一次在心中嘶嚎著：『求求你們，讓我死吧！我不要一輩子這樣不生不死的。』在沒人注意時，特別看護總任她屎尿拉得一床，還常粗裡粗氣地為她翻身，弄得她全身青一塊紫一團。至於，床頭桌上一小束帶露的鮮花，她知道，那是一個男人深情的告白。

四百多個日子，治宗幾乎每隔幾天就來療養院報到，從初時的枕邊默默垂淚，到逐漸接受她全身癱瘓的事實，不變的是，那顆守候的心。他總是握著郁馨的手告訴她他今天的心情，有時治宗會帶來一本書為她唸一篇文章，他就像個蹩腳的演員，使出渾身解數賣力演出，卻始終得不到任何的喝采、或回應。那夜，特別看護溜到別的病房聊天，放郁馨一人在漆黑中，治宗氣得險些殺人：

『我告訴妳多少次了，郁馨怕黑，要記得為她留一盞燈，妳為什麼老是忘記？』

『她又沒感覺，開不開燈又有什麼差別？』看護低聲嘟嚷。

　　治宗一聽，更加火冒三丈：『誰說她沒感覺？誰說她沒感覺？妳再說一次看看！』

　　彷彿是要回應治宗的話似地，數日後，治宗正唸著當年他寫給郁馨的情書，卻乍然瞥見郁馨的眼角有淚光閃爍。

　　『妳，聽得見？對不對？郁馨，妳聽得見！』他狂喜地抓住她的手。

　　是的，我聽得見！她的心在狂喊尖叫，可是，喉間卻像哽著一只巨石，怎麼也發不出半點聲音來，甚至連一絲表情也做不到。

　　『郁馨，告訴我，妳聽得到我說的話，告訴我！』

　　我想告訴你，可是，我無能為力。她愈心急，淚愈洶湧。

　　『妳醒醒呀，求求妳，開口說話呀！』治宗揪住郁馨瘦削的雙肩使勁搖晃著、搖晃著……終於，他頹然鬆開手，俯跪在床沿縱聲號啕了起來。

　　知道郁馨並非無知無覺，他更起勁與郁馨『交談』，每回一進門，他就笑燦燦地問：『妳好嗎？今天有沒有乖乖的？』彷彿當她是等候老公返家的小妻子。他相信終有一天，郁馨會在他的

呼喚下悠然醒轉，坐在床沿等他進來，然後，朗聲地回答他：

『我──很好。』

即使是奇蹟，他也非盼到不可。

奇蹟！沒有人相信，奇蹟真的發生了。郁馨醒來已經六天，親友們在醫院的小心戒護下輪流來探望她，每個人跟她談起過去、以及她癱瘓期間的種種，但沒有一個人提及她的未婚夫治宗。像要刻意隱瞞什麼似的。

教人納悶的是，郁馨也絕口不問。

『難道她忘了治宗？』說話的是母親。

『我也覺得很奇怪，她記得每個人，記得過去每件事，卻獨獨漏了治宗。』二姐的聲音。

『忘了也好，忘了也好……』母親低低地飲泣起來，『要是她真問起來了，叫我們怎麼回答呢？』

『唉，萬般皆是命，半點不由人！誰也想不到在郁馨醒來的前一晚，治宗會在療養院門口被那輛該死的砂石車……唉，他一直希望能親眼看到郁馨醒來的。』

『噓，小聲點，郁馨不在吧？別讓她聽見了。』

『她應該去做檢查了，這療養院也奇怪，把她當活標本似的天天觀察，也不讓她出院。』

她靜靜地貼耳在浴室門板上，一字一句清楚地聽到她們的對話。

治宗死了！被砂石車當場輾斃！那時，郁馨還癱瘓在床上。沒有人知道，她看見治宗自五樓窗外躍入，碰地撲到她的身側：『我好不甘心，我不要就這樣離開，郁馨，我捨不得妳呀。』

離開？不要，我不要你離開我。她的心在悽惶悲泣。

『可是，我的身體已經被……輾成兩半，我必須去陰間了。』

不要！不要走！一定有辦法的。

『能有什麼辦法呢？』治宗，不，是治宗的幽魂輕易地聽見了郁馨心底的聲音。

『你的肉體已經死了，那麼……』郁馨含淚地邀請著，『進來我的身體吧！』

進來我的身體吧！從此，你的魂，我的魄，魂魄長相依、朝夕永纏綿……

鏡子前，治宗正用款款柔情，透過郁馨的手，輕撫上郁馨緋

紅的臉頰，『妳，好嗎？』

　　郁馨幸福地笑了，對著鏡中瞳孔深處的治宗，輕聲答道：

　　『我──很好。』

妳是我永遠的芭比

——

11

ABOUT LOVE

畢竟還是深愛他的，

因此，她願意戴上過去的面具，翻出初識時穿的那襲紫洋裝，

再一次扮演他所喜歡的那個自己，讓他作畫。

他的手飛快地在畫布上揮灑，偶爾，將視線眺向前方的她。

落日餘暉自天窗迤邐而下，形成一簇金黃色的光束，塵埃在光束中飛颺，光束在她髮間浮動，她的烏髮瀑布般地流瀉在她的肩頭，瘦削的肩披上一條紫絲巾，恰到好處地烘托了她一身同色的長洋裝。

『紫藤色，很適合妳。』

這是宋康祐和她說的第一句話。當時她身上便是這襲服裝——普通的質地，顯非名牌，但裙襬放射狀的設計，讓她每走一步，足畔就翻飛成風的線條。『清靈、脫俗，像是不食人間煙火的仙子。』他暗暗讚歎道，無法移開目光。

　　『妳第一次來？我以前不曾見過妳。』他問。

　　『嗯，事實上，我昨天才剛從南部上來找工作。我堂哥徐鷹，』她指著大廳中的一名男子，『是他帶我來的。』

　　『妳也畫畫？』

　　她輕笑，『我不會畫畫，不過，我很崇拜畫家。』

　　這句話，換做其他人說來也許矯情俗氣，但她卻說得那麼懇切而真誠。他望進她眼瞳裡的單純──單純！在這頹靡墮落的藝術家聚會裡，顯得如此的不協調。

　　『我想畫妳！』

　　向來最不屑一些蹩腳的畫家老藉這方式來勾搭無知少女，作夢也沒想到自己竟也會衝動地脫口而出。見她愕然瞠圓雙眼，宋康祐忙補充道：『喔，不必脫衣服的那種。』聞言，她暗暗鬆了一大口氣。宋康祐不禁莞爾了。白紙般純潔的女孩！

　　『你，也畫女人？』

　　他將手上的ＸＯ一仰而盡，『我畫老人、小孩，偶爾也畫女人，但是我一直不了解女人。因為不了解，畫來老是覺得……不夠深刻，似乎總缺少了些什麼。』他一臉困惑迷茫，彷若一個迷了路

的孩童。

男人的無助，總是特別能輕易撩撥起女人的母性。於是，她忘記了矜持與初識的顧忌，欣然應允讓他作畫，也為他打點起生活起居。在宋康祐的畫室，她看到不少富商巨賈流連出入，宋康祐的畫作因曾獲得國際大獎的肯定，遂一時洛陽紙貴，成為社會名流拿來炫耀身分品味的收藏。倔傲的他卻常滿臉鄙夷：

「那些傢伙煩透了，有幾個臭錢就自以為可以買到全世界。我最痛恨這種俗裡俗氣的人，不管是男人或女人。」

他說他討厭俗裡俗氣，她以為可以和他談一場蕩氣迴腸的戀愛——就像愛情小說中的情節一樣。初時，她的確深深沈醉於他的浪漫多情，他會三更半夜拖她連夜直奔阿里山，只為了和她一起分享日出的絢麗，而不管隔天她還得上班。作畫時，他會陡然丟下畫筆摟住她，以熾熱狂亂的吻證明他的愛，而無視顏料將她潔白的身子染成斑爛的畫布。

狂烈的愛，固然刺激，久了，也會灼人。隨著她在職場上愈來愈意興風發，他們之間的衝突也愈來愈明顯激烈，她的廉價洋裝換成名牌套裝，他卻因脾氣火爆開罪太多人連帶使畫作嚴重滯

銷；一見到她與男人說話，他就發飆亂砸東西；一知道她要加班夜歸，他就惡意絕食好使她心生愧疚；他怪她成天忙於事業、罔顧家庭；她怨他不知體諒，讓她疲於奔命……

　　『妳不要動不動就股票、房地產的，市儈！俗不可耐！』他忿然一掃，將桌上的碗盤佳餚全掃成地上的碎片殘渣。今晚，他們結婚週年紀念，她特地排開應酬，趕回來做晚餐，到頭來卻弄得一片狼藉。

　　她擱下行動電話，竭力克制情緒，『客戶打來問行情，我不能不應付，這是我的工作。』

　　『工作、工作，妳眼中只有工作，那妳幹嘛還結婚？』

　　『別忘了，當年我在畫室做你的助理，是你說我井底之蛙、見少識淺，叫我去外面開開眼界的喔。』當初嫌她幼稚、如今怨她世故，善變的到底是男人？還是女人？

　　『我只叫妳去開眼界，可沒叫妳變成女強人。』

　　『哈，你這就像叫一個人去參加比賽，又不准他得名一樣，你不覺得很可笑嗎？』

　　她兩手一攤，無奈道。

見她又擺出女強人那種『天塌下來有我撐著』的攤手姿勢，宋康裕的怒氣愈疊愈高，『我有一種受騙的感覺，當初我愛的根本不是這樣的妳！妳變了，每天就是錢、錢、錢，變得滿身銅臭、俗氣不堪！』

　　『是，我就是俗氣、就是變了！宋康祐，你不能要求一個人永遠不要長大，不能希望一個人七、八年來都不變，我不是芭比娃娃，我會長大、會變老、會變成熟或變世故、變聰明或變愚昧，但不代表所有改變都不好啊。』

　　『由清靈脫俗變得俗不可耐，就是不好！』

　　『你也可以說是由年輕無知變得成熟懂事呀。你不肯接受現在的我，其實是因為你不敢面對現在的自己。』她放柔聲調，『人都是會變的！世界在變，人也要變，重要的是，我的本質沒有變，我的心、我愛你的心也沒有變呀！』

　　他將桌上殘餘的一只酒杯甩向牆壁，用一聲『哐啷』結束了談話，然後冷峻決絕地走出飯廳，用她聽不到的聲音喃喃低語：

　　『妳是我的芭比娃娃。我不要妳改變，也——不會讓妳改變的。』

數日後，當宋康祐近乎哀祈地提出這項要求時，她想也不想便一口答應了——正如第一次見面時一樣，她總是拒絕不了他的請求。他的脆弱，是她的致命傷。

畢竟還是深愛他的，因此，她願意戴上過去的面具，翻出初識時穿的那襲紫洋裝，再一次扮演他所喜歡的那個自己，讓他作畫。『讓我向過去的妳告別！』他說，『這樣，我才能重新接納長大的、全新的妳。』

她的肩膀和雙腳因不堪長時間維持同一姿勢而麻木痠痛，但見宋康裕那麼全神貫注，她逼著自己咬緊牙根苦撐下去。

『紫藤色，很適合妳。』他說。時光，彷彿一下子回溯到七年多前，他們初相見時……他對她說的第一句話……

天窗外，夕陽已被燦耀的星空替代。窗裡，保養得當的容顏與身軀仍是當年的那個女孩。

『好了，』他擱下畫筆，『就只剩下背景了。』

她如釋重負地走近畫架，再度為宋康祐的才氣折服。他真的是個天才！畫中的她，天真的神韻、青春的氣息，的確是那個永遠也喚不回的過去的自己呀。

『等一下還要加上背景，』宋康祐將她帶到角落的沙發上，遞予她一杯紅酒，『背景是火焰，象徵妳、還有我們的愛情——浴火重生。』

　　浴火重生！彷彿看見他們之間美好的未來，她在流下狂喜的淚之前舉杯將酒一口飲盡，一手揉搓著僵硬的頸項。『我來！』他拿畫筆的手爬上她的頸間搓摩、按壓，舒服得讓她不禁閉起眼，滿足地輕喟了一聲。

　　紫色絲巾滑下來了……宋康裕順手接住，正欲為她披上，突然，他把絲巾纏上她凝脂如雪的頸項狠命勒緊，她驚得全身扭動，極力想扯掉叫人窒息的絲巾。

　　『妳為什要變呢？妳為什麼不是我當初認識的那個妳呢？』他的臉猙獰一如野獸，手上的絲巾勒得愈加死緊，『我要為妳留住完美、留住最完美的妳……』

　　她的呼吸愈來愈困難，慌亂間，她咬破了舌頭，鮮血自她微張的口中滑出……終於，掙扎的手緩、緩、垂、落、下、來。

　　『這是讓妳永遠不變的唯一方法。』

　　他鬆掉手中的絲巾，撫下她瞪得老大的雙眼。血，一滴滴滑

下她的唇、滑下她白皙的臉龐，宛如冬雪中一抹嫣紅。他用酒杯
接下了。

『好美、好美的紅！』他欣賞藝術品般緊盯著酒杯中的血。

『我要為妳留住完美、留住永遠。』他俯身在她的唇上印下
深情的吻，就像多年前他在畫室裡第一次吻了她……

那幅『永遠・愛之火』，讓宋康祐再度受到國際畫壇的矚目。

每個人都讚歎著：畫裡的女人飄逸脫俗，宛如落入凡塵的仙
子。最特別的是女人身後那團彷若真實鮮血的熊熊火焰，燦紅的
色澤，是人間的絕美。

小雅的最後一夜

———

12

ABOUT LOVE

她知道，她的幸福，是這群姐妹們悲苦中眺望未來的一絲曙光。
沒有人甘心沉淪、甘心做男人的玩偶，
能找到停泊的港口泅泳上岸，是這裡每個人痴心的想望。

民國 55 年。西門町。繁華喧鬧的不夜城。

『喂，這裡是萬國大舞廳，請問找哪位？』

幾乎在鈴聲響起的瞬間，小雅就接起話筒熟稔地複誦著。從下午開始，她就坐在櫃台一隅替會計接聽電話，一聲聲的鈴響、一次次的失望，始終盼不到久候的聲音。門口，舞客如浪潮般一波一波湧入，獨獨不見期待中的身影。

她在等文雄。幾個禮拜前，他們就約好今天，他會親自來萬國舞廳迎娶她，讓她風風光光走出舞廳，告別三年蒼茫的貨腰生涯。這段期間，文雄回南部向他頑固的父親做最後的爭取。

『如果，他還是不答應我們的婚事呢？』小雅憂心忡忡地問。

雖然她最愛讀《李娃傳》，每每總為鄭元和的痴、李娃的義感動得涕淚紛落，但是她心裡很清楚：像她們這種出身，想從良談何容易？更何況對方還是南部有頭有臉的望族。

『答應也罷、反對也好，反正我今生要定妳了。』

為表明非卿不娶的決心，臨行前，他送給小雅一襲雪白的婚紗，『記得穿上它，等我回來。』

她抱緊禮服，抱住所有的希望，潸然送走了他。然後，將一天等成一年、等著文雄一天一通長途電話，從他支支吾吾的應對中，她感覺得出來，事情遠比他們預料的還要棘手得多。上禮拜，文雄開始斷了音訊，只派人輾轉送來一張字條：

我爸逼我娶鎮長的女兒，我極力反抗，他一氣之下將我幽禁起來，連電話線也切斷，相信我，除了妳，沒有人會是我的妻子。勿為我擔心，就算拚死我也要逃出去，別忘了我們的約定，等我！

音訊陡杳，等待卻仍持續蔓延。她斷然辭去了伴舞的工作，

想給文雄一個純白的新娘。純白的心、純白的未來，是風塵女子
酬知己的唯一方式。

今天，她提著婚紗再度走進萬國舞廳，驚喜地發現舞廳姐妹
們像辦自己的喜事般，把整個舞場妝點得喜氣洋洋，休息室裡更
貼上斗大的『囍』字，眾人簇擁著小雅步入休息室，吵鬧著要看
她的白紗禮服。大班芳姐制止了鶯鶯燕燕的喧鬧，走近小雅：

『妳有這麼美滿的歸宿，姐妹們都很替妳高興，這是大家的
一點心意。』芳姐遞給小雅一個紅包，『希望妳從這門走出去之
後，就不要再進來了，知道嗎？』

小雅接過紅包，泫然地凝望著所有姐妹們，她知道，她的幸
福是她們悲苦中眺望未來的一絲曙光。沒有人甘心沈淪、甘心做
男人的玩偶，能找到停泊的港口泅泳上岸，是這裡每個人痴心的
想望。

『謝謝，謝謝大家。我……一定會努力過得幸福的。』

離情縱然依依，午後的舞廳依舊高朋滿座，姐妹們只好一個
個應召出去周旋於燈紅酒綠間，獨留小雅一人在休息室。時間，
像一個不良於行的老嫗，一分一秒踽踽爬行著，休息室外聲光酒

色，休息室內焦灼難耐，最後，小雅索性來到門口櫃台旁守候。不要別人通報，她要第一個見到文雄。

歌臺舞榭、衣香鬢影，妝扮著台北喧囂的繁華。驟地，自四樓樓梯間竄出一陣強過一陣的濃煙。『失火了！』有人尖叫。才幾秒鐘的工夫，巨大的火舌便鑽進大廳，到處濃煙漫佈，近百名舞客舞姐驚慌奔竄，慘叫伴著哀號，人聲雜沓。慌亂中，小雅迎頭撞上了芳姐。

『小雅，快走呀。』

『不行，我要回休息室拿禮服。』

小雅甩開芳姐的手，在人群推擠中，跌跌撞撞衝向休息室。煙霧愈來愈大，火神已佔領了偌大的舞廳……小雅奔進休息室，牆上的大紅『囍』字已化成一朵熊熊火花急遽地凋零飄落……飄落在雪白的禮服上，小雅驚呼一聲，奮不顧身撲向著了火的婚紗，這時，休息室上方的大樑突然『刷』地掉落下來——

驚惶的尖叫、慘絕的哭號，前一刻還歌舞昇平的舞廳，此刻已淪為人間煉獄……

南部某大飯店。

　　霓虹燈做的『囍』字下，文雄掀起了鎮長女兒的新娘頭紗，執起她的手，為她戴上奪目耀眼的鑽戒。新郎新娘敬酒了──

　　晃動的酒汁、尖銳的划拳聲，整個宴客廳頓時變成熱鬧的嘉年華會……

　　火呀，猖狂放肆延燒著。

　　喝吧，今朝有酒今朝醉。

　　經過數小時的灌救，火勢總算控制住了，位於台北市中華路與衡陽路口的新生大廈也在一夕間化為殘垣廢墟。四樓萬國大舞廳死傷最為慘重，一具一具焦黑蜷縮的屍體被抬送出來，誦經的聲音在晨光微曦中單調地響著，響著。

　　某棟公寓。一位尚不知舞廳已遭祝融的離職舞姐，撥了舞廳的電話，才響了一聲，那頭就傳來：

　　『喂，這裡是萬國大舞廳，請問找哪位？』

　　那位舞姐肯定地說，那是──小雅的聲音！

　　後來，不少人好奇地撥了舞廳早已焚毀的電話，真的都聽到電話那端有『人』接起話筒：

　　『喂，這裡是萬國大舞廳……』

來世，不負你的愛
————
13

ABOUT LOVE

　　漆黑的電影院中，很多人都看過一對男女親熱地肩並肩觀賞電影，但只要散場的燈一亮，那對男女便瞬間消失了蹤影、不知去向，只留下一段淒美浪漫的愛情，供世人傳誦⋯⋯

　　又是那個女人的聲音！

　　『神經病、死八婆、臭女人、爛貨⋯⋯』淑美氣得把她所知道的髒話一口氣全罵光，不待對方回應，便一把將電話掛上。八成是那死鬼在外面搞七捻三，惹上了難纏的女人，才會這樣老是三更半夜打來『示威』騷擾。

　　忿恨未消，廳門便呀地開了，淑美立時像隻發現獵物的獵狗般咻地衝上前：

　　『你可回來了！哼，你要是早個三分鐘回來就可以聽到那個瘋婆子的浪叫了。』淑美咄咄逼近男人，兩眼盡是凶猛的弩箭，『說！那瘋婆子是誰？你跟她在一起多久了？』

『什麼瘋婆子，什麼在一起？妳少發神經了。』

『我發神經，也沒那瘋婆子厲害，每次打來只會嗯嗯啊啊鬼叫：「啊！火好大，我好痛好熱，啊！快來救我……」哼，她火好大，我還很火大咧。』

淑美的喋喋不休，讓男人加班過度的腦袋轟然欲裂，男人逕自摔坐在沙發上，邊鬆開領帶：『說不定是打錯的。』

『打錯？哪那麼剛好？我警告你，要是你膽敢在外面亂搞，我一定不會善罷干休，我爸會讓你生不如死、身敗名裂，不信，我們就走著瞧！我告訴……』

電話鈴聲陡然大作，打斷了淑美的絮叨，這麼晚了，又會是誰呢？『我來接。』男人說。

彼端傳來女人嚶嚶的啜泣，若遠似近。『喂，妳到底是誰……妳再這樣裝神弄鬼，小心我報警。』

啜泣轉弱，接著是女人有氣無力的呻吟：『好熱呀，火好大好大，痛死我了……』

男人悚然一震，險些把話筒摔落，整個人頓時像被凝成了石膏像般地定在電話前，臉上血色盡無。淑美搶過話筒，剛好聽見

那頭：『快來救我，文雄、文雄……』

激憤捺熄了理智，淑美像頭瘋了的獅子，齜牙咧嘴撲向老公文雄：『打錯電話？打錯電話會叫你的名字？好哇，我今天跟你拚了！你說，那個賤人到底是誰？』

任憑淑美的拳頭重重擊在胸口，文雄仍舊呆怔地保持原來的姿勢，好半天，才勉強找到了自己的聲音：『她……已經死了。』

『死了？騙肖咧！我才不相信你這種鬼話，死人會打電話嗎？你騙鬼呀。』

文雄失魂地掙開淑美的拉扯，走進書房，自一本書中取出一張略微泛黃的簡報。

**【本報訊】**台北市鬧區衡陽路新生戲院大樓，昨（十九日）發生大火。據警方初步勘查，已發現二十六人不幸葬身火海，五人傷重不治，二十五人輕重傷，死亡名單有：吳淑芳（四樓萬國舞廳大班，花名芳姐）、何美莉（舞姐，花名小雅）、廖玉姍……

文雄將簡報遞給淑美，『她，就是小雅。』

淑美飛快地瀏覽過簡報，再抬頭來已是一臉驚惶，『你沒有……騙我？』

　　男人無力地搖頭，將臉深深埋進兩掌間，『她死的那天，正好是我們結婚當日。』

　　『啊！』淑美摀住嘴，連連後退了幾步，『她、她為什麼會黏上你？』

　　『她早就辭職不做舞小姐了。如果我沒有與她相約那天在舞廳結……她就不會被火燒死了。』文雄的聲音蒼涼清冷得像冬天的冰窖，『是我辜負了她！』

　　顧不得嫉妒，淑美忙迭聲問：『那她找來，會不會是要——報仇？』

　　『我不知道，我不知道。』文雄早已亂了分寸。去年事發翌日，他從報上得知這則惡耗，卻無能北上見她最後一面，因為，老丈人派來的轎車已在門外等著載送這對新人去度蜜月。一年多了，他欠小雅一份真情，和一個交代。

　　是夜，飽受驚嚇的兩人均未能成眠，天色微明，文雄便搭車北上，張羅了一堆祭品，來到舞廳的舊址。交錯的鋼筋鷹架、賣

力匆忙的工人，新大樓正在積極重建中。他耐心地鵠候到天黑，等工人都走了，空寂的工地隱約透著一股森寒，他這才提著手電筒、踱上尚未完工的水泥樓梯爬到四樓。

擺好祭品、拈上三炷香，虔心遙祭千里，只望故人能收到他遲來的——歉意。

驀然，一陣陰風乍起，將焚燒中的冥紙吹往半空，帶焰的紙錢在闇黑中凌空漫舞紛飛，一張、一張、一張，宛如一幢幢鬼火。北風蕭颯，寒意沁骨，隱約夾著女人淒厲的哭聲，愈來愈近、愈來愈清晰。就在文雄分辨出那是小雅的聲音時，冷不防地，他眼前的輕煙急速凝聚成一個女人的身形，穿白紗的身形！

『小雅——』文雄澀聲喚出。

白影劇烈顫動起來，嗚咽著：『我好痛……好熱，火燒過來了……』

文雄驚得語不成句：『我知……知道……我帶來一桶麻……麻油……妳擦過後就不會再……不再痛了……』這是民間流傳的習俗，被火燒過或燒死的人必須用麻油擦敷，否則會疼痛難當，就算死了，做鬼也不得安寧。

文雄毛骨悚然地看著眼前的白影紋身未動，一桶麻油卻在眨眼間點滴不存了。

　　『你為什麼要騙我？說要迎娶我，卻娶了別人，我恨你！』小雅嗔怨地一步一步移近文雄，這時，遮住月光的烏雲悄然飄走了，皎月映照下，他清楚地看到小雅的臉焦黑扭曲得不成形，她一開口，面部的肌肉就扭擰得更厲害，簡直──恐怖至極！

　　叭！文雄悔恨地仆跪了下來，『是我害了妳！都是我太懦弱了，我被幽禁後逃出幾次都被抓了回去，後來我媽以死相逼，我只好……只好答應娶鎮長的女兒。小雅，我對不起妳！』

　　『對不起？一句對不起就可以把千恩萬愛一筆勾銷了嗎？你負了我，也害死了我，害我在陰間飽受炙燒和孤單的雙重折磨。我……我要你履行承諾，到陰間──迎娶我！』

　　她不由分說拖住文雄就走，『碰！』一只皮夾自文雄的口袋中掉落，攤開的皮夾裡滑出一張照片，照片上有明顯的黏痕，顯然曾被撕碎後再重新組合。小雅放開文雄，反身拾起相片──是她的相片！

　　『結婚不久，我老婆發現我在皮夾裡放了妳的照片，跟我大

吵大鬧，還生氣地把照片撕破。我花了很久的功夫才把它拼湊起來，可是，還是缺了一、兩片。』也就是因為這張照片，讓原本努力想扮演好妻子的淑美變得善妒易怒、歇斯底里起來。娶了淑美卻無法愛上她，是他的錯。他一個人的怯弱，害了兩個深愛他的女人。

『你一直保存著它？』

『妳給了我以後，我每天攜帶著它，就當成妳在我身邊。被我老婆發現後，我只好請人做了一個夾層來擺放，夾層很隱密的，我不知道它怎麼會掉……』

『嗚哇──』

小雅猝然迸出一聲天崩地裂的悲號。愛與恨糾纏、悲與喜交錯，命運哪！為什麼這般作弄人？罷了！罷了！陽間種種是緣分、是冤孽，就讓它過去，喝了孟婆湯，投入輪迴、重新轉世，從此前塵往事皆絕緣，一切，就當未曾發生吧！

淒絕地瞅了文雄一眼，小雅旋身準備飄然離去，卻見文雄猛然擦身而過，向窗口奔去，『欠妳的，現在全還給妳，來世，我們再結為夫妻。』說時遲那時快，文雄向窗外縱身一跳──

摔落一樓地面的文雄當場氣絕，破碎的臉上有一抹釋然的微笑。

　　幾個月後，大樓重建峻工，改建成的『新聲大戲院』正式開張了。在漆黑的電影院中，很多人都看過一對男女親熱地肩並肩觀賞電影，但只要散場的燈光一亮，那對男女便瞬間消失了蹤影、不知去向，只留下一段淒美浪漫的愛情，供世人傳誦……

每一口都是愛

——

14

ABOUT LOVE

現在，只要憶起某位女人，他口中的唾液便會加速分泌；

只要失去一位情人，他就會感到一陣排山倒海的飢餓。

有點罪惡，卻又那麼無可自抑

孟文範舉箸朝中央那道菜夾了一大口。

『嗯——』他一邊用手搧著口中的灼燙，一邊無限滿意地唷歎道：『啊！簡直是食中極品，麵皮夠 Q、肉餡鮮美，連舖在盤底的青鯊魚翅都用雞湯煨得甘醇入味……這道菜叫做什麼？』

聽完孟文範一番美食評論家似的評語，杜靜只陰沉著臉回了句：

『這叫……「包藏禍心」！』

早已習慣杜靜的陰陽怪氣，孟文範倒不以為意，何況面對滿桌誘人的佳餚，再大的火氣也會煙消雲散了。想當年，他就是被杜靜這一手出神入化的廚藝所吸引的，那時，他才只是大一的窮

學生，有回班上在某同學家辦聚餐，早就吃怕自助餐和自助餐裡附贈的德國蟑螂，孟文範當然不會放過這個大快朵頤的機會，原只算計吃頓免費的水餃或火鍋什麼的，孰料上桌的居然是一道道好似從食譜裡跳出來的菜色，所有人都吃得瞠目結舌、讚不絕口，而對自小在孤兒院長大、吃慣『豬食』的孟文範來說，這是他有記憶以來第一次嚐到的人間美味。

最後，杜靜在同學的掌聲簇擁下步出了廚房，接受全班的歡呼。那也是他第一次知道班上還有這號人物。

平凡的五官、平板的身材，不是他喜歡的類型。孟文範幾乎在數分鐘後就完全忘了杜靜的長相，然而，那些食物卻在胃裡消化後跑到他的腦中不斷地反芻起來。每次上課一看到杜靜，他的唾液便泉湧而出，一股永遠填不飽的飢餓感兜頭兜腦襲來，時間彷彿又回到六、七歲那年，他被孤兒院院長關在潮濕陰暗的地下室兩天，餓得他兩眼昏花、奄奄一息……

他感覺體內那隻蟄伏著的『餓獸』正一分一分地——覺醒了。

『請問，煎魚時要不要放油？』

下課時，孟文範走到杜靜面前問道。這是他們第一次的交談。

當天放學後，杜靜來到孟文範在外租賃的小公寓附設的簡陋廚房，為他做了一道『紅燒吳郭魚』，不到十分鐘，菜上桌了，孟文範用筷子剔開魚肚皮，鮮紅香滑的魚卵在口裡孵化成無盡的滿足，那一刻，他的眼眶竟濡濕了。

　　他們開始來往，約會的地方不是在她的廚房，就是他的。孟文範喜歡搬把凳子坐在一隅，看她三兩下變魔術般地變出一道菜來。其間，他好幾次離開了杜靜，與其他女人交往，只是，那隻『餓獸』就像被上了發條的鬧鐘，每隔一段時間便叮鈴叮鈴作響，他會抗拒不了飢餓，去敲杜靜的門，求她收容他倦遊的玩心和早已轆轆的腸胃。

　　『我——我要回高雄相親，我想，我不會再回台北了。』

　　再多痴心，終也不堪無情的消磨，杜靜向孟文範提出了訣別。九年了，他遲遲不肯求婚，連句承諾也不給，一個女人能有多少個九年由得揮霍呢？

　　他沒有挽留杜靜。但四個月後，他終究還是不敵生理的需求，連夜倉皇奔赴高雄，一路上，他想的不是她，而是一道道京都排骨、蟹黃獅子頭、八寶南瓜盅……

婚後，杜靜的好手藝並沒有留住孟文範不安定的心，她的寬容，反而助長了他的放蕩囂狂。孟文範的事業愈做愈大，外面的女人也一個比一個嬌豔性感，他愈來愈少回家，尤其這幾年，幾乎只有在那些情婦一個個乍然失蹤的空檔，他才會倦鳥知返。

　　『她實在是個難得的好女人。』

　　除了偶爾愛擺個臭臉、酸溜溜嘲諷幾句外，對他的夜不歸營、公然與情婦出雙入對的緋聞，杜靜從不歇斯底里、大吵大鬧，甚至彷彿知道老公剛受了感情的『打擊』似的，只要一見他黯然落寞地返家，杜靜便會特意討好地做上一桌賽過大飯店的料理。

　　他的心，傷感著那些女人的不告而別，他的腦中，想的卻盡是杜靜的佳餚美食。他的第一任情婦麗妍失蹤時，杜靜『犒賞』他浪子回頭的那道新菜色，至今仍讓他齒頰留香。他記得，當他吞下第一口時，著實忍不住驚喜地狂呼起來，『天哪，我以前怎麼沒吃過這道菜？』

　　杜靜意味深長地沈聲道：『你當然沒吃過，這道菜叫做「姦夫淫婦」！』

　　鮮嫩多汁的『煎』肉、淋上加了海鮮高湯煲成糊狀的『銀』

芽豆『腐』，姦夫淫婦，菜名雖嫌刺耳，倒也名副其實。

之後，在他的第二任情婦可欣也猝然離去後，他吃到的是『人盡可夫』。蝦『仁』、『芹』菜、『蚵』仔、麵『芙』快炒後，塞入中央挖空的肉球裡，好個『人盡可夫』！

『這肉球的彈性真好，不像牛肉，到底是什麼肉呢？』

多年老饕訓練下來，孟文範已練就在吃下第一口的當兒就能約略猜出食材與做法。

『人肉！』杜靜語鋒冰冷。

孟文範笑了笑，順著她的話打哈哈：

『人肉？那這個人一定常運動，肉的口感咬勁都是一流的。』說到運動，他乍然想到明天也許該到可欣常去的那家健身俱樂部問問，可欣怎麼會一個多禮拜都不與他聯絡呢？

但不論他怎麼搜尋、報警處理，還重金聘雇徵信社尋人，卻連那些情婦的一根寒毛也沒找著。後來，他的『私人』祕書秋萍也不見了，那天他嘗到的是鮑魚、干貝、肉絲、香菇，再加入蠔油焯燴成的『惡有（油）惡報（鮑）』。半年前，他的小情人艾咪失蹤後，桌上那鍋湯就叫做『自找死路』，是由『紫』菜、紅

『棗』、粉『絲』、『鱸』魚加上金華火腿肉片熬燉而成。

　　現在，只要憶起某位女人，他口中的唾液便會加速分泌；只要失去一位情人，他就會感到一陣排山倒海的飢餓。

　　有點罪惡，卻又那麼無可自抑。

　　像今晚，這道『包藏禍心』正好適時填補了他剛失去茵茵的心口空洞。孟文範吃完最後一口，心滿意足地打了個飽嗝，不經意瞥見了杜靜收拾碗筷的背影——什麼時候杜靜從洗衣板變成大水桶了。他斜睨著杜靜那副肉顫顫的身材，想起了她第一次為他做的那道紅燒吳郭魚，滿脹的魚肚、肥腫的身軀……他突然瘋狂地思念起茵茵玲瓏如葫蘆的軀體、柔嫩似鱔魚的肌膚……。

　　子夜夢迴，突然口乾舌燥，他起身倒水，才發現床側竟沒有杜靜的身影，信步踱到廚房，杜靜正背對他，全神貫注地在砧板上剁著。

　　『呃，我想喝杯……』

　　孟文範的話聲陡止，他看見杜靜陰森的臉上浮出一抹異樣的笑容，一小塊生肉從她的嘴角掉落，而砧板上……

　　霎時，他的胃像被重擊了一拳，因為砧板上擱著一堆剁碎的

肉，和一個女人的乳房！而且，他幾乎可以肯定那是——茵茵的乳房！無數個纏綿的夜，他撫著茵茵乳房旁梅花形狀的胎記、捧住她高聳富彈性的雙峰，半開玩笑地囈語：

『我真想把它們吃下肚子去！』

吃、下、去？難道今天的菜，還有以前那些『姦夫淫婦』、『惡有惡報』、『自找死路』都是——

他跌跌撞撞撲向水槽，開始將胃中所有的食物及酸液全部傾瀉而出⋯⋯

或許只是寂寞

———

15

ABOUT LOVE

「饒了我，放過我吧！」

他確定自己說了這些字，卻沒聽見有聲音從喉嚨出來，

白衣女子見他不語，便逕自打開後座車門坐了進來。

直樹握在方向盤上的手劇烈地抖動起來。

早該聽阿標的勸留下來過夜的，偏偏要逞強說自己八字重，連鬼看了都要怕三分，還說要是碰上個像聶小倩一樣漂亮的女鬼，搞不好還可以來段人鬼生死戀呢。果然，夜路走多了，眼前就出現一個長髮披肩、白衣飄飄的女……

『南無阿彌陀佛、觀世音菩薩、上帝、耶穌基督、釋迦牟尼、送子觀音、彌勒佛、七爺、八爺啊，拜託顯靈救救我呀……』直樹嚇得把他所有認識、不認識的神明都給請了出來。剛剛在阿標面前誇下海口時的豪氣早就不見了，來段生死戀？現在，就算對方長得再沈魚落雁、性感嬌豔，他也絕對不敢心存妄念了。

這條九彎十八拐的路段，素以高肇事率和繪聲繪影的靈異傳聞而著名。阿標有一回途經這裡突然尿急，本來想忍一忍過了這段再說，怎奈洪水已溢滿水庫，似乎下一秒就要潰堤而出了，逼不得已，阿標把車停在路旁，找個陰暗的角落便趕緊洩洪，一陣山洪爆發後，人頓時神清氣爽不少，伸了個懶腰回到駕駛座，車子才啟動，阿標就從眼角餘光中瞥見了副駕駛座的窗邊有個人影。

膽顫心驚地撇過頭去，正好與貼在車窗上的那張臉對個照面，蒼白如紙的臉龐漾著一朵詭譎的笑，深不見底的眼窩中沒有……沒有眼珠！阿標這一驚，手抖腿軟得連油門都踩不動了。就在這當兒，那張臉突然往前快速移動，移到車子前幾尺遠，在車燈的照射下，阿標看清楚那張臉的主人，慘白的頸項、連身的寬鬆白袍、瘦骨嶙峋的手臂，繼續往下看，長袍的下半部居然空蕩蕩的！

媽呀！阿標猛地一踩油門，車子便箭般往那『人』衝了去，只見那『人』瞬時化做一縷白煙，不見了！幸好阿標剛剛已徹底『解放』過，否則現在一定嚇得屁滾尿流。就這樣一路狂飆回家，

阿標開始發起了高燒，在床上躺了兩天兩夜。

『八成是你喝得太多了，醉眼昏花啦。』

阿標餘悸猶存地說起這段驚魂記時，直樹還一直『虧』他荒謬迷信，沒想到這回卻叫自己給碰上了，還真由不得人『鐵齒』呢。

隨著車子愈駛愈近，白衣女子的手也揮得益加起勁，直樹加足馬力想衝過去，不知怎地鬼使神差，『咚！』這輛早該送進故宮的老爺車竟然好死不死在這緊要關頭——熄火了。直樹手忙腳亂重新發動，怎料愈緊張車子愈不聽使喚，他抬起頭來，發現白衣女子正快步向他移來，這一驚，他的手更是抖得厲害，連車鑰匙都快抓不牢了。

『可以順便載我一程嗎？我要到下一個路口。』女人拍打著車窗。

完了，真的碰上了！直樹的心臟都快跳出咽喉了，『饒了我，放過我吧！』他確定自己說了這些字，卻沒聽見有聲音從喉嚨出來，白衣女子見他不語，便逕自打開後座車門坐了進來。說也邪門，後門才關上，車子居然一發就動了。直樹頭也不敢回，踩滿

油門一路往前衝。

　　風在窗外呼嘯，他聽到後座有低低的啜泣聲，透過後視鏡，他看見白衣女子正俯著臉、肩頭一上一下顫動不已。平時最看不得女人哭的他，此刻卻一句話也不敢多問，只在心裡拚命禱告趕快駛到路的盡頭。

　　風呼呼地吹，女人嚶嚶地哭，引擎轟隆隆響，終於，直樹看到路口了。吓！

　　把車停靠在路旁，直樹深吸口氣，定了定神，猛一回頭，後車座竟然──空無一人！只留下一袋行李。

　　真、真的撞鬼了。直樹用盡全身力氣將油門一踩，咻地揚長而去。

　　整晚盯著那只行李，直樹一夜未眠。行李內並沒有傳說中的冥紙，僅有一些女人的換洗衣物和萬餘元的現金，還有一張空的信件，信封上的住址是在九彎十八拐的北宜公路附近。

　　這袋行李怎麼處理呢？

　　直樹不是見錢眼開、貪不義財之徒，就算是，這筆『鬼財』也拿不得，他聽過太多撿到路邊的錢財而被迫娶『鬼妻』的傳聞，

這種飛來的『豔福』他可承受不起哩。幾番思量，直樹決定下午照信封上的住址走一趟，也許可查知一些原由始末。

原本擔心信封上的住址可能是某墓園或孤墳什麼的，好在眼前只是一棟平凡的民宅。撳了門鈴，好半天才有人應門，門裡站的是一位與昨晚白衣女子約莫同樣年紀的女人。

『對不起，昨天有個女……人在我的車上掉了東西，因為裡面有封信寫上這兒的住址，所以……』

『啊──』

車內的女人看到直樹手上的行李歡呼一聲，一把搶去行李，轉身拿起話筒：

『找到了、找到了，對，錢也在裡面，唉！妳也真是的，離家出走也不先打個電話給我，結果撲了個空，還跑去搭陌生人的便車，下車時居然連行李也忘了拿就把車門關上，哭死妳活該！……』

■疑心生暗鬼，你相信了吧？不過，話說回來，有些事情真的很難說……讓我們繼續看下去。

　　直樹尷尬地杵在門口。聽見門內女人的談話，他不禁對自己的胡思亂想啞然失笑，原來，只不過是一個搭便車的糊塗女子罷了，他竟然把她當做……

　　『啊！不跟妳講了，人家專誠把妳的行李送回來，我還沒跟對方道謝呢。』女人匆促掛上電話，熱誠地邀直樹入內。

　　『不必了，東西收到就好了。』

　　『不行，大老遠的還麻煩你專誠送來，也沒什麼好謝謝你的，請進來喝杯茶吧！』

　　盛情難卻，直樹只好跟著女人步進門內。屋裡採光通風不佳，所有窗戶都深鎖著，使得空氣中瀰漫著一股濃稠的霉味。

　　『對不起，這裡很少人來，所以沒什麼好招待的。』

　　女人端來一杯熱茶，逕自在直樹對面落了坐，『小雯，呃，小雯就是昨晚搭你便車的人，她常常都是這樣，丟三落四、迷迷糊糊的，所以連她老公都受不了，兩個人三天兩頭吵架，一吵架小雯就離家出走，跑來找我這位倒楣的媒人告狀兼訴苦。』

　　『媒人？』

　　『是呀，當初是我把小雯介紹給她老公認識的，結果，每次

兩人吵嘴鬥氣，小雯就賴說是我害的，真是好心沒好報，唉——』
女人無可奈何地長歎口氣，『話說回來，小雯疑心病也太重了些，
老是懷疑她老公有外遇，經常……哎呀，我真是糟糕，一個逕兒
地說不停，你一定覺得很無聊吧？』

直樹含笑搖了搖頭。雖然聽的是別人的家務事，但是，看著
眼前這位標緻嬌媚的美女忽而輕笑、忽而蹙眉，嘀嘀咕咕動著那
張教人想一親芳澤的櫻桃小口，倒是一點也不覺煩悶無趣。

她說她叫陳黛玲，直樹記起來了。

他們一見如故，閒聊了近兩小時，直樹才依依不捨地告辭離開。

又是一個秋高氣爽的午后。直樹驅車尋址前去再訪佳人，但
是，任憑他怎麼兜來轉去，就是找不到那間民宅，放眼望去盡是
一座座雜草叢生的墳塚。正在納悶不解之際，迎面踽踽步來一位
佝僂的老翁。

『請問，這裡有沒有一間紅磚瓦的民宅，屋裡住了一位瘦瘦
的、大約二十來歲、叫陳黛玲的女人？』

『她臉頰這邊有顆朱砂痣，對不對？』老先生指了指左臉側。

『對對對，』直樹大喜過望，一把抓住老先生的手，『您知

道她家嗎？』

　　老先生歎了口氣，搖搖頭，用悲憐哀戚的目光瞅著直樹：

　　『年輕人，你撞鬼了！』

　　撞鬼？怎麼可能？『呃，對了，她還有一個朋友，叫小雯的，我曾經載過她。』

　　老先生又一逕兒搖頭，『唉，那個叫小雯的女孩時常來找陳小姐，後來有一天小雯發現陳小姐居然有一只跟她老公送給她的一模一樣的手錶，結果醋海生波，兩個人就大打出手了。小雯打開了瓦斯說要同歸於盡，就在兩人糾纏拉扯間，門外有人按了門鈴，那時是冬天，陳小姐家的門窗都關得緊緊的，所以，屋裡的瓦斯馬上引爆起來，兩個人就……』

　　直樹仍不肯置信，大白天的怎麼會撞鬼呢？況且，他還喝過那人泡的熱茶，怎麼可能……

　　『老先生，您怎麼知道這件事呢？』

　　『因為，』老先生的背更佝僂了，他仰起老淚縱橫的臉龐，徐徐道：

　　『我就是在門外按電鈴的那個人！』

## ■*別急，別急，故事還可以繼續發展下去……*

　　直樹上電視節目暢談了這椿靈異經驗，錄影中，靈異大師告訴他，他跟那兩位女鬼有緣，而她們找上他只是寂寞難耐，並無惡意。疑惑既解，直樹頓時豁然開朗不少。一週後，一位女士輾轉透過製作單位找到了他。

　　『你說你是在半年多前遇到那兩個女人、還有那位老先生的？』

　　『沒錯。』直樹肯定道。

　　『這……不太可能呀。』坐在直樹對座的女人低聲喃喃道，雙手不停摩挲著桌上的咖啡杯。

　　『什麼不太可能？』

　　女人沒有回答他，逕自又提出另一個問題：『你有沒有想過，站在屋外按鈴的人怎麼會那麼清楚屋裡發生的事呢？』

　　直樹贊同道：『嗯，起初我也覺得有些奇怪，不過，我想，這可能是老先生自己的推測，也有可能他在門外剛好聽到她們的爭吵，想按鈴進去勸架什麼的。』

女人神色肅穆地盯著他，『其實，那兩個女人在八年前被燒死後，那位老先生就是我的父親，因為過於自責，也在一年多後過世了。』

咖啡廳裡，嘈雜的人群、對座的女人，彷彿都在頃刻之間消失煙滅了，一陣悸動穿透了直樹，他終於不顧一切地大叫出聲——

鬼妻

———

16

ABOUT LOVE

頂樓的女人在睡夢中隱約感覺有濕漉的液體自屋頂滑落，

一滴緊接著一滴，

她恍惚地睜亮眼，在微弱的光線中，

一只頭顱吊掛在她的正上方，鮮血正從頸項間涓涓傾流⋯⋯

死人是不會與活人爭寵的。

當初論及婚嫁時，王鴻便已一五一十告訴芯媛這樁冥婚的始末，那個叫翠蓮的『鬼妻』本來是王鴻大學時的女友，兩人交往三年多，即將畢業的前夕，翠蓮發現王鴻與另一女子單獨出遊，兩人為此吵得不可開交，結果翠蓮一時氣極攻心，就在王鴻絕然拂袖而去後，她衝上宿舍頂樓一躍而下，當場慘死身亡。

在良心與輿論譴責下，王鴻應允了翠蓮父母的請求，迎娶翠蓮的牌位。翠蓮的父母也沒虧待王鴻，他們為唯一的掌上明珠辦了場風光的冥婚，也陪嫁了豐富的嫁妝。靠著這筆嫁妝，王鴻方

能闖出如今一家大型電影公司的局面來。

　　『為了不讓妳受到委屈或者……干擾，我會把她的牌位安置在頂樓，妳可以——當她不存在。』王鴻在求婚時慨然允諾道。

　　芯媛也表現得十分善解人意：『沒關係，我還不至於這麼小心眼，去跟一個死人爭風吃醋。』她一個電影道具師，好不容易才擊敗了王鴻身邊的鶯鶯燕燕，她又何必去計較這位毫無威脅性的『大太太』呢？

　　畢竟，那只是一面神主牌位而已。

　　而死人是不會跟活人爭寵的。

　　就這樣，『大太太』住在別墅加蓋的頂樓，她這位戶籍上明媒正娶的合法妻子則在一至四樓間自由活動，幾年下來倒也相安無事，除了翠蓮忌日的祭拜外，她儘可能不去侵犯到翠蓮的『地盤』。這天，王鴻很難得地留在家裡吃飯，席間，他遽然擱下碗筷，神色凝重道：

　　『翠蓮她……托夢給我，說她一個人在頂樓很寂寞，要我……多去陪她。』

　　芯媛不屑地冷哼一聲：『虧你還受過高等教育，「托夢」這

種事你也信？』

　　『本來我也不信，以為只是一場夢而已，可是，我已經一連七、八天都作同樣的夢。』

　　『一定是你睡眠不足才會做這種離譜無聊的夢，也不曉得你這幾個月到底在忙什麼，每天都搞到凌晨三、四點才回來。』

　　雖然不相信怪力亂神，但緊接而來的一連串怪事卻擾得她心神大亂。廚房的牆上不明所以地出現一大片血漬；庭院裡的花一夜間全被折斷；她最疼愛的貓咪被吊死在樹上，半夜裡樓上依稀傳來一聲聲的歎息，菲傭阿莉娜還言之鑿鑿說看到白色的人影在暴風雨的窗外，飄來蕩去……

　　午夜，王鴻將她搖醒，驚悸的眼神未斂：『我、我又夢到翠蓮了，她說我遺棄她，要弄得我家破人亡、生不如死，她、她……』

　　『我看，我明天準備一些東西上去祭拜她吧。』

　　王鴻將頭埋入兩掌間，手指在髮裡猛力揪扯著，『沒有用的。最近公司不斷發生意外，新片的贊助商忽然反悔，要不然就是拍片現場有問題，一下子斷電、一下子攝影機故障，一會兒又是演

員從樓梯上跌下來⋯⋯這麼多邪門的事，一定是她搞的鬼，一定是她！』

眼看老公如此苦惱沮喪，芯媛不禁躊躇起來。也許，有些事真的由不得人不信邪，也許，她的讓步可以融化他們逐漸相敬如『冰』的婚姻，也許，鬼妻要的並不多⋯⋯

『好吧，關於她的要求，你自己看著辦吧。』

王鴻大喜過望，將芯媛抱個滿懷，『太好了，我就知道妳是個明理的好太太。』

在『大師』指示下，王鴻不但必須一個禮拜撥出三天來陪伴他的『鬼妻』，甚至還大興土木把頂樓加蓋了幾個房間，更在別墅後面築了單獨進出的樓梯和後門。

『鬼也需要樓梯和門嗎？』對鬼妻的『貪得無饜』，她不免直犯嘀咕。

『不要亂講話，這是大師擲筊杯問的。妳總不想我們出事吧？』

她啞然了。活人是無法與死人對抗的。因此，後來王鴻嚴禁任何人接近頂樓，連從後門出入都不行時，她也不得不咬緊牙根

勉強同意了。

怪事並沒有停止。她還是感覺得到樓上有『人』在走動，王鴻上樓過夜時，她甚至可以聽到女人的嬌喘吟哦，『難道他和女鬼在……』這般荒誕又恐怖的臆測，讓她忍不住連打了兩個冷顫。愈來愈多輾轉難眠的夜，她豎耳傾聽頂樓傳出似幻若真的聲響，終於，好奇戰勝了恐懼，她躡手躡腳爬上了頂樓。

女人亢奮的叫聲逐漸清晰，芯媛小心地用薄鐵片撬開門鎖。月光迤邐下，極盡奢華的佈置，家具一應俱全，牆上的畫作看得出均出自名家手筆，她踩在昂貴的波斯地毯上，一步一步往透出光線的房間探去。

『我這不是讓妳進我家的門了？』濁混喘息的，是王鴻的聲音，『呼——這樣當我老婆的面偷情，真的過癮極了！』

『哼，還不都是我出的好點子。要不是我假裝鬼妻，用那些怪事來嚇你老婆，你哪能「一屋二妻」啊？不過，你老婆也實在笨死了，這世上哪有鬼呀？』女人的身體如蛇一般地交纏著王鴻，一邊咯咯嬌笑個不停。

門外。芯媛的全身像被火燒了似的灼熱燎原，狂怒的血液在

她體內奔騰流竄著，她緊捂住自己的嘴，逼著自己悄然退出。恨，將她的眼瞳燒紅了。

幾日後，深夜，頂樓的女人在睡夢中隱約感覺有濕漉的液體自屋頂滑落，一滴緊接著一滴，她恍惚地睜亮眼，在微弱的光線中，一只頭顱吊掛在她的正上方，鮮血正從頸項間涓涓傾流……

『啊！啊！』女人嚇得只能發出蚊蚋般的叫聲，她咚地跌下床，迎面撞到一具柔軟的身軀，順著腳底往上望，身軀的上端竟然——沒有頭！

『不，這世上沒有鬼，這一定是假的、是假的……』女人語無倫次地咕噥著，向房門口狂奔，忽見門把上懸空立著一截血淋淋的手臂，她一驚旋身便往陽台衝，卻看到那顆頭、那隻手，還有那具無頭的身軀咻地向她飄來。

『救——』女人腳底一滑，止不住衝勢，整個人就向陽台邊緣撲了去，『命』字還來不及成音，她就像一顆殞石般墜落到一樓的水泥地上，碰！

頂樓，燈亮了，燈光下露出了懸掛著那些幾可亂真的頭顱、手和身體的鋼線，那些是芯媛到片場道具間搬來的道具，想當年

芯媛可是電影圈化腐朽為神奇的王牌道具師哩。

　　芯媛走到陽台俯視著下面腦漿四濺的屍體，放聲狂笑了起來：

　　『妳想做鬼妻，我就讓妳變成真正的鬼妻！』

　　是的，死人是不會與活人爭寵的。

今晚，
我和你形影不離

———

17

ABOUT LOVE

　　他好恨、好恨自己，恨自己為什麼不堅持留下來，

　　而今，情斷緣滅，伊人獨殞逝，

　　再相見，竟只能在夢中。

　　『今天怎麼來得這麼晚？』墓園的管理員向仲恩招呼道。

　　『車子半路拋錨，走了快半個鐘頭才叫到計程車。』

　　仲恩捧著一大束百合，往墓園綿延的階梯行去。自從碧燕死後，每個禮拜天他都會驅車至墓園來祭拜她，半年多來，風雨無阻。

　　換掉上週的天堂鳥，他把百合插進瓶裡，北風冷凜蝕骨，百合的幽香在冷空氣中很快地擴散開來。碧燕愛花，第一次認識她就是在她打工的花店。

　　『我要訂一束花。』他無措地立在花店門口，總覺得一個大男人置身花海中，似乎有點荒謬。

『歡迎光臨！』她笑意盈盈迎上前，發現眼前這男人高得離譜，害她的頸項必須向極限仰伸，『你是打籃球的？你有沒有一百九？你為什麼這麼高？這麼高會不會很不方便？』

　　嘰哩咕嚕一連串的問句，教仲恩呆楞原地不知所措。

　　『噢，對不起，我老是這樣神經兮兮的。你要買什麼花？送女朋友嗎？』

　　『不，要去接機，是國外來的一個客戶。妳看什麼花合適？』他饒富興味地俯看眼前這個笑起來會露出兩顆虎牙的『小』女人。

　　『沒問題，交給我吧。』她問明了對方的年齡和身分，旋即沒身在花堆裡。她邊哼著輕快小調邊東鑽西竄取花，燦豔的笑顏，是花室中喚醒百花爭妍的嬌陽，教他不禁痴痴看傻了眼。

　　一大捧花遮住了她的臉，送到他的面前，仲恩這才恍然乍醒掏出錢來，走出大門不到十步，他又訕訕地折返回來。『這樣拿著花走在路上，好奇怪！』他抓抓頭皮，『妳們可以代送到我們公司嗎？我們公司就在下兩個紅綠燈口的那棟大樓。我可以多付妳錢。』

　　她又笑了，『沒關係啦，我等會兒去吃午飯時順便幫你送過去好了。很多男人都跟你一樣，很怕拿花走在街上，他們覺得那樣看起來拙拙、糗糗又驢驢的。』

　　仲恩發覺她的措辭和她的笑靨一樣，稚氣又有趣。

　　她把花送到仲恩公司，他邀她吃午飯以答謝她的免費服務。雖僅只短短一頓飯的相聚，在赴機場接人的途中，仲恩竟開始思念起她來。原來，有些女人就像嗎啡，一碰上了就會上癮。

　　連續第十一天。她終於忍不住開口了：

　　『你不會天天都剛好要接機吧？不要再來買花浪費錢啦，我週五晚上沒課，我們可以去看場電影。』

　　交往後，他每天開車送她上夜大，然後，在學校對面的咖啡廳裡等她下課。這晚，下課時間已過，仍不見碧燕出現，大約又過了半小時，碧燕的死黨王介芸匆匆跑進來：

　　『碧燕人在醫院，剛剛上課上到一半，她突然整個人跌下椅子……』

　　他一路狂飆到醫院，看到躺在病床上虛弱蒼白的碧燕，他的心霎時擰絞成一團。

『沒事了，醫生說可以出院了。』他安慰她。

『OK！出院，我就說我身體好得像無敵女金剛嘛！』她硬裝出來的開朗，教仲恩看得愈加心疼。她背轉過身去拿皮包，邊然，整個人癱趴在椅子上，『怎麼會這樣？怎麼會這樣？我怎麼會有……癲癇呢？我以後怎麼辦呢？』

他衝上前無語地攬緊她，知道漫漫黑夜才剛要開始而已。

他想用更多的愛來驅走黑暗，趕去碧燕的恐懼，然而，癲癇就像一枚不定時炸彈，隨時都可能會爆炸開來，炸得人粉身碎骨。幾個月無恙地度過了，當他們已成功地說服自己『上次的意外只是一樁偶發事件罷了』，沒想到在相偕出席仲恩公司的聚餐時，毫無任何預兆地，碧燕猛然摔到地上，全身不由自主地痙攣起來，現場瞬時陷入一陣騷動，仲恩冷靜地將碧燕的臉側向一邊——

數分鐘，彷彿數百年般，碧燕終於幽幽醒轉了過來，她失焦的瞳孔正在尋找著落點，漸漸，映入眼簾的有滿臉關切的仲恩，以及仲恩身後不停議論紛紛的好奇人群。

她必須離開他。她不要成為仲恩生命中的負擔，或汙點。

『不管妳說什麼，我都不會讓妳從我身邊溜走。妳跟我來！』仲恩不由分說把碧燕拖回他家，叭地打開電腦：

『看！這些檔案都是我上網查到全世界對癲癇的各項醫學報告，它不是不治之症，只要配合服藥或顳葉切除手術，一定有辦法治好的。』

她顫著手撫觸鍵盤，竭力不教眼中的濕濡溢落下來，『嗯，就算治不好，你也可以考慮去報考醫學院了。』

他把她摟進懷裡，這就是他的碧燕，再悲苦也不忘苦中作樂的他的碧燕。

『我會拖累你，別人會說……』

『我不怕拖累，不怕閒言閒語，如果妳怕遺傳，我們不要生孩子，妳怕在外面發作，我們就盡量減少出門，』他捧起她的臉，一口一口啜乾她的淚珠，『嫁給我！不准說不，我很脆弱的，禁不起回絕。』

『我、願、意！』說不出口，碧燕用手語一字一字肯定地比畫著。然後，墊起足尖，好讓雙手可以牢牢兜住他的頸項，『你好傻好傻！你是天下第一號大笨瓜！大笨瓜！』

他指著牆上的人影：『大笨瓜和小笨瓜，我和妳，如影隨形、形影永不離。』

　　霧氣，再次瀰漫了她的晶眸，她盯著牆上相擁的身影，記住了他們的約定。

　　婚禮，正在緊湊籌備中，送喜帖、試禮服，仲恩細心地注意到她明顯的疲憊，『今晚妳的室友不在，讓我留下來陪妳，好不好？』

　　『不行，你乖乖回去嘛，我好累喔。』

　　『我保證不吵妳，我會像隻聽話的小狗，安靜地睡在妳的腳邊。』他要賴。

　　她明白仲恩其實是不想讓她落單，怕她會……『放心，我等下吃完藥就上床睡覺，你媽難得上來，你就多陪陪她，不然，我未來的婆婆會把我看成獨佔她兒子的壞妖精喔。』

　　她將仲恩推出大門，看著電梯門打開，仲恩依依不捨地離去，就在門關上的瞬間——

　　碰！

　　她猝然癱倒在地，想叫卻發不出半點聲音，渾身不聽使喚地

劇烈顫動起來，天開始旋轉、地開始震盪，她眼前的光線愈來愈微弱……

　　輕撫墓碑上碧燕的相片，仲恩的心底又是一陣驚濤駭浪。他好恨、好恨自己，恨自己為什麼不堅持留下來，而今，情斷緣滅，伊人獨殞逝，再相見，竟只能在夢中。

　　他起身告別了故人，方才驚覺夕陽早沈入地平線，墓園的路燈不知何時已一盞盞淒清地亮成半空的星子。墓園要關門了，他得加緊腳步才行。偌大的墓園，他的跫音響在冰冷的階梯上，噠地！噠地！噠地……突然，他停住了步伐，睜著前方的階梯，他的腳下、他的影子——他腳下的影子居、然是個女人的身形，迎風飄動的長髮、一襲及踝長裙，還有碧燕最愛比畫的『Ｖ』手勢，是……是碧燕！

　　他壓下欲蹦出的心臟，深吸了幾口氣，伸出手對著影子招了招手，幾秒鐘後，影子也對他揮了揮手，然後，他清楚地看見地上的人影一個字、一個字地打出手語：

　　『我、回、來、了、我、和、你、形、影、不、離——』

　　碰！仲恩屈膝跪了下來，使自己更貼近影子。

『碧燕──』

一聲長嘯，迴盪在空幽幽的墓園，碧燕的人影緊緊依偎在仲恩的身側。


縱然鏡花水月終幻跡，也願半生魂夢與纏綿。

據說，對人世猶有眷戀的靈魂，有些會藉由暗影來證明自己的存在。因此，倘使有那麼一天你看到某人有個奇怪的影子，請別打擾他們，也許，仲恩正在與碧燕情話綿綿哩。

明天的報紙

———

18

ABOUT LOVE

他怎麼會有未來的報紙呢？

一定是有人在跟他開玩笑，一定是的！

可是，報紙每頁都刊載得十分詳盡，

連那些滿目瘡痍的照片也栩栩如生……

『唉喲——』

不知從哪冒出來一個女人匆匆撞向他，撞得他的手提箱蹦了開來，文件資料全都散落一地，他俯身忙著撿拾東西，一邊抬起眼來，『妳怎麼這麼……』

他的問話陡地收住，因為他游目四顧一遍，居然看不見剛剛撞到他的那個黃色身影。怎麼可能？前後不到三秒鐘的時間，怎麼可能連個人影都沒有？還有，他的手提箱明明上了鎖，怎麼會一撞就開呢？他飛快地將四散的文件塞入箱裡，正欲闔上手提箱，這才從眼角餘光中瞥見他的平安符竟滾到垃圾桶邊。這個平

安符是新婚妻子靖亞特地到行天宮求來的。

『你要記得隨身帶著這個符，絕不能讓它離身，它會保佑你一路平安。』靖亞說得懇切而嚴肅。自從前幾天她戴了近八年的玉鐲突然不明所以地斷裂，她就一直覺得那是不祥的預兆。

『別擔心，我去日本就像在走自家廚房一樣，而且這次我只去兩、三天就回來了。』

他緊攬著她，企圖藉懷中的溫暖安撫她的忐忑，『人家說小別勝新婚，妳要乖乖等我回來，嗯？』

他拾起平安符，感覺它似乎剛被人握過似的，猶有餘溫殘存。是自己神經過敏吧？他啞然失笑將平安符放回手提箱，坐到候機室的椅子上，重新檢視了箱中的文件，發現裡面居然有份報紙，他隨手攤開報紙，頭條新聞赫然是一則空難消息：

**華航名古屋空難，二六四人罹難，七名乘客生還⋯⋯**

真觸霉頭！對他這種常常得出國洽商的『空中飛人』來說，臨上飛機前最不想看的就是空難新聞，不過在好奇心的驅動下，他還是仔細讀了新聞內容——一架自台灣飛往日本名古屋的華航CI一四〇客機於降落名古屋時，再度拉起機頭重新降落，結果操

作失靈、失速墜毀，已有二六四人不幸罹難，七人受傷住院急救中……

　　一連數頁的報紙都用全版篇幅和血淋淋的照片，來記錄這次台灣航空史上傷亡最嚴重的空難慘劇，教人看得膽顫心驚。忽地，他發覺事有蹊蹺了，這架『昨天』墜毀的飛機機種和班次，竟然和他現在要搭乘的是同一班飛機！

　　這是怎麼回事？他怎麼可能去搭昨天就已失事解體的飛機呢？

　　驚惶地翻讀報紙，沒錯呀，上而明明清楚寫著：昨天（二十六日）華航……不、不對！今天才是二十六日！他瞅了一眼報紙上的日期：四月二十七日。

　　他踉蹌地衝到販賣處，不顧店員的白眼便急忙拿起兩份報紙查看，今天是四月二十六日沒錯，而且報紙上根本沒有任何一則空難新聞。他又一連翻了三份報紙，沒有、沒有、沒有空難！

　　他鐵青著臉攫住身旁正在購物的小姐：『請問今天是幾月幾日？』

　　那位小姐嚇得後退了兩步，『四……四月二十六日呀。』

那麼，他手上這份報紙……

　　是明天的報紙！

　　『天，我一定神經錯亂了！』他撫著額頭，覺得似乎有一萬隻蜜蜂在他腦裡嗡嗡飛繞。他怎麼會有未來的報紙呢？一定是有人在跟他開玩笑，一定是的！可是，報紙每頁都刊載得十分詳盡，連那些滿目瘡痍的照片也栩栩如生……這份報紙是真的！

　　問題是，他怎麼會有這份報紙呢？他深吸好幾口氣，強迫自己冷靜下來，他記得臨出門前還仔細檢查過手提箱，裡面除了一些報表外，就是這次赴日簽約的所有文件，當然，還有妻子靖亞慎重交付的平安符，但是，其中並沒有報紙呀。途中，他沒有再打開過手提箱，直到那黃衣女子撞到他以後才……等一下，那位黃衣女子！

　　他倉皇地穿梭在候機室裡，雖只匆匆一瞥，沒看見黃衣女郎的臉，但那個身影是那麼似曾相識，應該不難找到才對。他一定得找出她來，也許只有她可以解開這份報紙的謎。然而，任他搜遍每個角落，就是尋不著一縷黃衣身影。登機時間逐漸逼近，『怎麼辦？我該不該告訴航空公司？』他的心在掙扎猶豫。拿著

一份奇怪的報紙去要求航空公司停飛，只可能被當成瘋子或恐怖份子，但是，報上那些血跡斑斑、怵目驚心的相片卻那麼千真萬確，不容質疑。

『請搭乘華航第一四〇班機的旅客開始登機……』

擴音器傳來催促的聲音，旅客魚貫向登機門湧去，他該登機嗎？這會是一班死亡班機嗎？萬一搭不上這班飛機，那麼他明早將無法準時與山口先生簽約，怎麼辦呢？

登機門，此時彷若一隻張著大嘴的怪獸，正一口一口吞噬著即將遠行或歸鄉的旅人。擴音器再度響起：『這是最後一次廣播，旅客……』他聽見自己的名字不停地被複誦著，猛一咬牙，他執起手提箱便往登機口衝，倏地，似乎有人朝他的後腦勺敲了一記悶棍，霎時一陣天旋地轉，他的雙膝一軟，人也向前仆倒了去……周圍傳來幾聲女人的尖叫，接著是雜沓奔來的腳步聲，他逐漸失焦的瞳仁中，映著一張張疑慮的陌生臉孔，還有──一個黃衣身影！他掙扎著想伸手抓住黃衣女子，卻怎麼也舉不起手來，人聲乍遠忽近，他的意識愈來愈模糊……

『他真是太幸運了！』

『是呀，他要是晚昏倒個幾分鐘、上了那班飛機，這下可又多添了個冤魂。』

　　『不過，也不知道是怎麼回事？他已經昏倒四、五個鐘頭了還沒醒來。』

　　恍惚中，他聽見有人在他身邊交談，奮力張開眼睛，待瞳孔適應了光線後，他發現自己正躺在病床上，『這是哪裡？我怎麼會在這裡？』

　　『啊，你終於醒了！』一位年輕的護士立刻奔了過來，『這是機場的醫務室，你真幸運，你知不知道你沒搭上的那班飛機失事了？』

　　失事？『是不是在降落名古屋時失速墜地？』

　　『對、對，你怎麼知道的？』小護士一臉驚愕。

　　『我是看……呃，我亂猜的。』他頹喪地癱回床上，黯然別過臉去，不教護士看到他眼中奔竄而出的淚水。本來他可以救幾百條人命的，可是——

　　護士吩咐他再休息一下後便旋身離開，聽到門關上的聲音，他一躍而起，自手提箱中找出那份報紙，這果然是真的！果然是

真的！他思緒紛亂地一頁一頁來回翻著，驀然，社會版上一則小小的新聞躍入眼簾：

　　『板橋中山路昨天（二十六日）下午三點發生一起死亡車禍，一名路人為了搭救在快車道上嬉戲的男童，不惜以身擋車，不幸當場斃命。只受了輕微擦傷的男孩事後一直緊抓住該女子的黃色洋裝不放……』

　　下午三點？黃色洋裝？那也大約是黃衣女郎撞到他的時候。他繼續讀了下去，『……警方已證實該名見義勇為的女子為孫靖亞（二十七歲，台北縣人）……』

　　靖亞？是靖亞！

　　他終於崩潰地嚎啕起來，難怪那個黃衣身影那般似曾相識，是靖亞！縱使魂飄魄散，也要拚卻最後一口氣來救他的，是他的靖亞啊！

　　報紙從他的手中滑了下來，一陣突來的勁風將報紙一頁、一頁吹開，吹往窗外，愈飛愈遠……

無情荒地有情天

————

19

ABOUT LOVE

他永遠只能站在角落握得掌背青筋浮突，

看她被少主人殘忍凌虐，

看她憑窗獨坐垂淚，

看她月夜驚寐、輾轉難成眠……


他仰臥在舒適柔軟的躺椅上，準備接受醫師的催眠。幾週來，他行屍走肉般張羅著靖亞的喪禮，直到靖亞的靈柩被推進火葬場的那一刻，他仍執意不肯相信他和靖亞會這般情深緣淺，才新婚不到一個月啊，便得天人永隔，他不甘心！不甘心！不甘心！

在朋友慫恿下，他接受了前世療法。早在初遇靖亞前，他就在夢裡見過她無數次，每回，在夢中，著古裝的靖亞總雙眼盈滿苦楚，不住地對他哭叫，他努力想聽清她的嘶喊，卻老在這時幡然驚醒。直到與靖亞相識、相戀後，他更堅信靖亞是他今生命定的愛人，『我一定前世便已愛過妳。』前世……

『好了嗎？』醫師喚回他的冥思，『我們開始吧！』

他神色肅穆地低首閉目，跟著醫師的口令，他的呼吸愈來愈平緩、意識卻愈來愈混沌，他感覺自己的身子輕飄飄地浮在半空中，冷不防地，向無邊無際的闇黑中飛去，飛過了昨日、經過了年少、穿越了童年……

湍急的河流邊，人聲喧沸，幾乎全村的人都圍聚過來了。老村長殺氣騰騰地逼近全身被五花大綁、伏趴在河畔的少婦：『妳這個淫婦！我再問妳一次，到底是誰讓妳懷孕的？』

少婦狠咬住唇，一副抵死也不開口的態勢。唇上，一痕失血的青。

『我兒子已經半年多不曾跟妳圓房了，妳怎麼可能懷孕？』村長忿忿地揪起她的散髮，頓時，一陣針扎般的劇痛刺得她的頭顱幾欲爆裂。村長眼底綻出凶光，彷彿恨不得將她千刀萬剮、碎屍萬斷了去。『說，那個姦夫到底是誰？』

少婦鄙夷地抬眼迎視村長，他只說對了一半，她是不曾與他兒子圓房，但並非半年，而是自她嫁入村長家後便不曾過。她的丈夫、村長的兒子，因年少時過度耽溺妓院而染上惡疾，遍訪名

醫後依然無法人道。原以為這是她悲劇的宿命，原以為她將這樣無情也無欲地終了一生──直到她遇見了他。

他是村長家新來的長工，唸過幾年書，為了安葬父親只得委身賣到村長家負責耕種、劈柴等粗活，像他這等的下人是不得進出後廳的，只是，那夜，那聲哀號太淒厲、太懾人，石破天驚地，誘得他不由自主地奔入後院，親眼目睹少夫人正被那個身體孱弱似病患、脾氣卻殘虐如暴君的少主人毒打，鞭子如雨般落在少夫人瑟縮顫抖的柔弱身軀上，他佇立在廊後，用盡全部意志才止住自己撲上前遏阻的衝動。奴僕是不可以反抗主人的──任何情況下都不能。

少主人打累了旋身踱出家門，他才自矮叢中竄出，走近她。

乍見一雙男人的腳，她下意識地打了個冷顫，不，不對，這不是她丈夫的腳，她徐徐仰起頭來，正好與俯身的他四目相對。『他是誰？這個魁梧壯碩得像座山的男子是誰？』她聽見自己的心裡有個聲音在擾嚷。

『那座山』彎下腰來，滄桑黝黑的臉龐漾著溫柔，『妳，受傷了。』

受傷？她這才如夢初醒，慌急地攏緊破落散亂的衣袂，掙扎著想立起，卻在站立的瞬間整個人垂直地前仆──幸好他身手夠快，一個箭步將她接個正著。她伏倒在他的懷裡。這是男人的胸膛，溫暖如燦日、寬闊似汪洋，而她，是一葉漂泊無依的小舟……猛然意識到此時舉措的失態，她倉皇推開他，卻在陡失重心後又險些跌了一跤，頃間，一股撕裂般的劇痛，幾乎使她昏厥過去。

『妳的腳可能扭傷了，不趕快治療不行。』他躬身拱手，『我是新來的長工阿正，自幼跟隨家父習得一些簡單醫術，不知可否為夫人療傷？』

足踝的痛，宛如刀割，她不得不拋卻授受不親的禮教頷首應允。阿正執起她纖細的足踝，駭然發現上面密密麻麻佈滿炙燒的傷疤，『是……香燭燙的？』

她垂下眼瞼，避開他灼灼的凝視，將視線定在他粗糙厚實的手上，這是除了丈夫以外第一次與男人的碰觸，也是第一次有男人這般溫柔待她。她怔怔望著蹲跪在眼前的男人，她的足擱在他的膝上，他的手覆在她的足上……

端詳傷勢後，阿正搬來一把凳子，示意她落坐，『哎喲！』

一聲慘叫，阿正這才察覺她的衣衫一片濡濕，絳紅的鮮血正自她全身每處一縷縷滲出，染紅了衣袍。

『天！妳到底還有多少傷？』

他的悲忿，點燃了眼眸中的烈焰。如果可以，他願意付出生命、犧牲一切來保護她，但不能犧牲的是——她的名節！因此，他永遠只能站在角落握得掌背青筋浮突，看她被少主人殘忍凌虐，看她凭窗獨坐垂淚，看她月夜驚寤、輾轉難成眠……

數不清第幾回了，只要少主人從城裡返家，她的身上便總是舊傷未消、新創又添。

阿正將藥酒揉搓在傷口上，尖銳的痛楚惹得她震顫不休，霍地，『叭！』一聲，阿正屈身跪下摟住了她，『為什麼他要如此對妳？我恨自己這樣眼睜睜看妳受苦卻無能為力……』

她俯身抱緊阿正的頭，讓淚珠啪噠啪噠滴在他的背：

『不，我不苦，因為我——有你！』

那夜星月迷離，她把最純摯潔白的自己給了阿正。簡陋的柴房、熾烈的情火，只願永夜無盡、黎明未至、良宵不醒……

紙終究包不住火，她懷孕的事實如一簇火苗，瞬間燎燒得村

長家上下、甚至全村沸騰騷動。在這個保守傳統的村落裡，通姦是要被浸豬籠的，村民會將通姦男女四肢縛綁、裝入竹籠裡，然後拋進河中活活淹死！

『妳說不說？只要妳肯說出是誰「強暴」了妳，或許我可以免妳一死。』村長不懷好意地誘引她招供。

她冷哼一聲，倨傲地睨視著村長。其實，在她承受阿正的愛時便已料到會有今日的局面，死，何足懼？飛蛾撲火，拚盡的也只是剎那的燦豔。剎那，對她，已然足夠！

『浸豬籠！浸豬籠！』圍觀的村民不耐地鼓噪起來。

『好，別說我這做公公的不給妳機會，來人哪！』村長揚聲喝令，喚來數名家丁，『把這不守婦道的賤人丟進竹籠裡。』

兩名大漢一左一右拎起少婦，倏地，一聲暴雷似的嘶喝由遠處人群中破空傳來：

『等一下——』

少婦震驚地瞪大眼，是阿正的聲音！是他！真是他！

阿正排開人群，狂奔至村長跟前，雙膝一跪：

『是我、是我強暴她的，少夫人她極力抵抗，可是……我還

是強暴了她。』

　　『不！』她奮力甩開兩名大漢的桎梏，向村長撲了過去，『不，不是，他沒有強暴我，是我誘惑他的。』

　　阿正泣不成聲迎上前，扶起艱難匍匐而來的她：

　　『少夫人，阿正到城裡辦事回來遲了，害得妳……』

　　她焦切地抑聲道：『阿正，你快逃，他們會殺了你的，快逃！不要管我……』

　　村長勃怒，一腳將他們兩人踢分開來，厲聲斥道：『阿正，我平時待你不薄，你、居然做出這等禽獸不如的事，來人！將這人面獸心的傢伙綑起來。』

　　少婦聞言頓時發了狂似地，朝村長猛磕著頭：

　　『是我引誘他的，是我不守婦道，不干他的事，放了他、放了他……』

　　鮮血自她的額頭汩汩淌出，村長更是怒不可遏：

　　『來人，將他們分別放置在兩只竹籠裡，再拿染過朱砂的荊棘綑緊竹籠，我要他們兩人——荊棘扎身，生生不得善終；分隔兩處，世世無法廝守！』

群眾憤慨的叫囂直衝雲霄，有人開始執起碎石向他們丟擲，也有人鄙夷地朝他們吐著唾沫，『姦夫淫婦，浸豬籠！』『不要臉、下賤！』……

荊棘扎破了衣衫、刺穿了肌膚，尖石砸得兩人血流滿面，兩雙炙烈的眼瞳，卻只一意膠著於彼此。

『對不起，害妳受苦了。』

『你，這又何苦？我死了便一了百了，你出來認罪，不過多一人陪葬，我死，心也不寧。』

他微笑著：

『妳不生，我不獨活！』

她的心惻惻地淒楚了，噙著淚一逕搖頭，『不，我不要……』

來不及將話說盡，他們便被重重拋進河裡，水中，她的唇困難地張闔、張闔著，竹籠下加掛的巨石讓他們疾速下墜……沈落……阿正辨不清她想說什麼，只能在意識消失前，緊盯著她、緊盯著她，記住她的容顏，然後默然許下約定：

『來生，再相愛！』

來生，再相愛，來生……

眼前猝地全暗，他的身子又騰空飛了起來，飛過濃墨，穿越淒冷……一方光亮乍現，他看到白色的牆、刺眼的燈、和一臉關切的醫師。回來了，他回來了，帶著前世的愛恨回到這個痛澈心扉的今生。

　　他，不甘心！難道前世無緣相守，今生也命定無福白首？

　　他，不相信！村長的咒詛果真會生生世世，鎖纏不休？

　　離開了診所，茫然來到靖亞車禍身亡的現場，他想像著一個多月前靖亞橫陳在此、血淌成河……是怎樣的痴傻讓靖亞縱然魂飛杳杳，也要衝破人世與幽冥的藩籬，阻止他登上死亡班機？前世，他的愛害了她，而今生，她的愛卻救了他。前世今生，他欠靖亞的，豈只一條命？

　　『妳不生，我不獨活！』喃喃唸著前世阿正的話，怔怔忡忡，他步上了午夜的街頭。

　　妳不生，我不……

　　驟地，一束強光模糊了他的視線，鎖住他蹣跚的步履，他立在馬路中央，一輛車正飛快地朝他衝來，三公尺……兩公尺……就在車子幾乎撞上他之際，他聽見了，他聽見那個在夢中出現過

無數次的少婦臨終前在水中的吶喊，穿越時空，他終於聽清楚了她：

『不，我不要……不要你死！』

『我不要你死！』風中，是靖亞的聲音。

『我不要死！』拚卻最後一抹力氣，他縱身向前撲躍──

『你找死呀？』車子自他身後呼嘯而過，留下一聲憤怒的咆哮，響在靜夜。

路旁。他頹然伏趴在地上，放聲慟哭了起來。

他的身側，一條斷成兩截的染血荊棘，在路燈光影綽綽中，格外怵目驚心。

無法到站的末班列車

20

ABOUT LOVE

好夢由來最易醒，

天，微微亮了，該面對的一切依舊擺在眼前。

我們私奔吧，男人說。

北上的末班列車。因為並非假日，最後一節車廂只有寥寥可數的幾名旅客，在幽暗微光中，昏睡著。

甫應酬完高雄那個難纏的客戶，還得連夜趕回台北，唐牧疲憊得只想倒頭入睡，朦朧中有女人的啜泣聲，斷斷續續、似有若無，起初他以為是自己的幻覺，仔細傾耳聆聽，才發現聲音來自他的左後方。是一位相當年輕的女孩，頂多不超過二十歲，惹人注目的是她一身素樸的棉襖長褲。

這年代還有少女穿這樣的衣服嗎？也許，是剛從鄉下出來的吧，他想。

女孩烏亮得可以去拍洗髮精廣告的長髮垂覆住白淨的臉蛋，

瘦削的雙肩不住地抽搐著，那麼幽幽戚戚地哭著，簡直要叫人為之柔腸寸斷了。

唐牧心底的那股浩氣又蠢蠢欲動了起來，猶豫片刻，他起身走近女孩，掏出面紙，『小姐，有什麼……我可以幫忙的嗎？』他刻意保持距離，不願教對方以為他有非分之想。

女孩抬起那張慘白帶淚的臉看了唐牧一眼，隨即又垂下頭低聲道：『你──幫不了的。』

儘管是如此的回應，但最少還不至於拒人千里，他試探性地往她旁邊的空位落坐，依然小心翼翼在他們之間保留一段空隙。

『我沒有惡意，只是看妳哭得這麼傷心，有點……不忍心。』見女孩又珠淚滴不盡，唐牧更加心疼：『說出來吧，就算我幫不上忙，至少妳的心裡也會舒坦些。』

女孩緊抿著唇，不停絞著手指，就在唐牧以為她無意多談正準備離開時，女孩開口了：『今天，是我男朋友的忌日。』她的聲音清冷細弱，像在對唐牧說，又似在自語，『我們十分相愛，可是他爸媽堅決反對我們來往，因為……我們的家世太懸殊了。』

　　都什麼時代了，還有這麼看重門第的獨裁父母？唐牧胸口忿忿不平的火花正在噼啪作響。

　　『他絕食抗議，病得奄奄一息，仍不肯吃一口東西，他父母拿他沒辦法，只好轉而逼我爸一週內把我嫁人，想教他徹底死了心。』

　　憤怒的火花已釀成巨災，唐牧忍不住了，『笑話，他們憑什麼逼妳嫁人？』

　　『他父親是我爸的老闆，當年如果不是他父親救濟我們一家人，我們可能早就餓死了。』她說，就在父母倉卒地準備把她嫁出去的前一晚，她的男友得到消息，不顧一切逃了出來，摸黑跌傷了腳，一跛一蹲地走到她家。看到日思夜想的愛人唇色泛白、渾身泥濘地出現在家門口，她終於克制不住地痛哭起來，將他安置在土地公廟後的空屋歇腳，那夜，他們用交纏火熱的身軀釋放彼此的思念……

　　美夢由來最易醒，天，微微亮了，該面對的一切依舊擺在眼前。我們私奔吧，男人說。

　　『不，如果我們私奔，你父親一定會把我爸趕走的，我們家

會馬上陷入困境，我的四個弟弟妹妹怎麼辦呢？我不能這麼自私，我不能⋯⋯』

『那該怎麼辦呢？眼睜睜看妳嫁人，我寧可去死。』

死？她的腦中掠過一道電光。『好，既然生不能相守，那麼，就讓我們相依共赴黃泉吧。』

火車轟隆隆地駛過善化車站，女孩將視線眺向窗外墨黑的遠方，『他好愛好愛我，為了證明對我的愛，他⋯⋯真的跑去⋯⋯臥軌自殺了，他真的好愛我、真的好愛我、真的⋯⋯』女孩失神地絮叨著，陡地，雙目一亮，她昂然站起，『到了，我要下車了。』

既然相約殉情，為什麼只有男人自己臥軌呢？唐牧滿腹的疑惑謎團，隨著女孩的飄然離去，恐怕再也無從解開了。他移身坐到女孩剛坐的靠窗位置，像個偷窺者般把臉貼近車窗，覷望著茫茫窗外，前天他才剛把父親的遺體安葬在這附近。當初父親臨終前交代非葬在這裡不可，還引起了不小的爭議。

『葬那麼遠，掃墓多不方便呀，而且前不著村、後不巴店的，光開車或轉車就累死人了。』

這是父親最後的堅持，身為獨生子的唐牧一口便斷然駁斥已

出嫁的姊姊們，『那是父親出生的地方，他想埋在那裡落葉歸根，也是人之常情。』

『那也不必非得指明葬在那麼吵的……』二姐的話在唐牧的怒視下倏然收了口。

不，不對！唐牧從座位上彈了起來，這裡是善化和嘉義之間，車還沒到站呀！他起身衝到車門處，沒有女孩的人影，敲了敲廁所，也沒有。可是，他明明看見她往車廂最後走去……

翌日，他專誠到台北車站打聽。

『沒有，如果有人失足跌落，附近的農民一定會發現的。』站務人員答道。

『可是，能不能請你打到善化或嘉義站問問看，有沒有人看到一個長髮披肩、穿棉襖長褲、大約十七、八歲的女孩……』

站務人員打斷了他，『先生，人來人往那麼多，我們怎麼可能注意到呢？』

『但是，她……』

這時，一位老站務人員走了過來，『你說的女孩是不是穿一身灰色的棉襖長褲？』

『對、對、對！』唐牧兩眼登時晶亮起來。

　　『唉——』老站務員長歎了口氣，『陰魂不散啊，她也真是夠可憐的。』

　　『是呀，真的很可憐，她的男朋友被火車輾死了，昨天就是她男友的忌日。』

　　『什麼她男朋友被火車輾死了？』老站務員拔高聲調，『當年他們約好一起臥軌殉情，還用紅繩把兩人的一隻手綁在一塊兒，結果火車來了，男的嚇得向外一滾，滾出了鐵軌，女的就這樣當場被輾死，聽我們以前的站長說，他們趕到現場時，男人的手上還拖著女孩的一截手腕，躲在鐵軌旁發抖不停呢！』

　　『女的被輾死了？那昨天……我、她……』唐牧的舌頭嚇得打結了。

　　『唉，都已經三十幾年了，她的遊魂居然還流連不走……』

　　遊……魂？『可、可是，她為……為什麼告訴我是男的臥軌自殺呢？她還說……說那男人好愛好愛她。』

　　『可能這樣想，會讓她比較好過些吧。唉！女人都是這樣，只肯相信那些她們願意相信的。』老站務員一副飽經世事的滄

桑，『以前我就聽說過這種事，有幾個人曾在最後一節車廂看見
她，還有人聽見她問：「你能不能幫我找我的男朋友？他不見
了……」聽說那男的是台南縣數一數二的望族，好像叫唐什麼峰
的？』

『唐奇峰！』唐牧不假思索脫口而出。

『對、對，』老站務員猛點頭，『對，就是唐奇峰。唉，真
是一場冤孽呀！』

唐牧怔忡地步出車站，終於了解他的父親為什麼一生都不敢
搭乘火車，也明白他的父親——唐奇峰為什麼執意要把遺體葬在
台南縣的鐵軌旁了。

魔鏡、魔鏡、
誰是世界上最⋯⋯
———
21

ABOUT LOVE

十二歲的她既期待又忐忑，小心翼翼削著蘋果，

結果，平放桌上的鏡子裡，真的出現了一張男人的臉！

在這位企管顧問到來之前，有關他的傳聞早以燎原之姿傳遍公司上下了。

『他永遠都遮著半邊臉，聽說是因為他曾對一個女人始亂終棄，對方不甘心，向他潑灑硫酸報復，所以他的半邊臉都是坑坑疤疤的。』公司的廣播電台叔麗正猛力放送她的獨家新聞。

『那不就像鐘樓怪人嗎？』同事清坡插嘴道。

『哎喲，就算是鐘樓怪人也比你帥。』叔麗沒好氣地揶揄清坡一句，才轉回正題，『沒有人看過那半邊臉，不過，聽說他沒有報銷的那半邊臉簡直帥翻了，劉德華般的深情眼眸、帥氣尖挺的鼻梁、剛毅緊抿的雙唇……』叔麗這一番羅曼史小說慣用的描繪，惹來一陣哄笑。

『真的還是假的呀？』有人質疑道。

『騙你我會死！』這是叔麗的口頭禪，

『明天看到他本人就知道了。』

傳聞並沒有誇張，嚴格說來，那些讚美還未能刻劃出他不凡的氣宇神韻於萬一。當鄭可帆步入會議室時，所有人都似乎瞬間忘了呼吸，打從心底發出一聲聲的讚歎：那宛如希臘雕像般的半邊臉，簡直是造物者的傑作！

他彷彿已習慣旁人這般的注目禮，泰然地行到台前開始他精采的報告。坦白說，湘琪自始至終都沒有聽進半句話，乍見時的震懾仍在餘波盪漾，久久未能平息。

『我一定見過他！』那麼熟悉的感覺，湘琪幾乎可以肯定以前一定看過這人。然而，這般突出的面容，她怎麼會一點也想不起來在哪裡見過呢？

『鄭可帆十三歲就遠赴美國唸書，不到二十歲就拿到企管碩士學位，二十五歲便取得企管和物理雙博士。他是智商超過一百六十的天才……』叔麗的消息永遠源源不絕。

他十三歲就去美國了？那麼，唸大學以前都一直待在麻豆鄉

下的湘琪絕不可能見過鄭可帆才是呀！

　　『剛才開會時，我一直瞄他的左半邊臉，可是，不管我怎麼左看右瞧、上窺下望，還假裝拿扇子在那兒搧呀搧的，就是看不到。哼，他一定是用強力膠把頭髮黏在臉上！』叔麗噘嘴不甘的模樣，逗得同事們都笑開了。

　　現在，鄭可帆變成女同事心中的偶像。儘管那遮著的半邊臉仍是一團未知的謎。也或許正因為這份未知，撩動了所有人的好奇，那半邊臉的秘密，是潘朵拉的盒子，不時誘引著人們去掀開來一探究竟。這天，鄭可帆正要搭電梯離開，叔麗對周圍等著看好戲的同事們擠出一個『看我的！』的促狹鬼臉，隨即衝進只有鄭可帆一人搭乘的電梯。

　　數分鐘後。叔麗鐵青著臉返回座位，面對那些期待她『獨家轉播』的觀眾，她居然一反常態、悶不吭聲。

　　『怎麼樣？看到他的左臉了沒有？會不會很可怕？』眾人你一言我一句地逼問。

　　『沒、沒……沒有。』叔麗把頭搖成波浪鼓，不管大家如何相逼，就是不肯吐露一絲口風。

好不容易挨到下班，叔麗又像往常一樣搭湘琪的便車，車上，湘琪故意淡然問：『妳今天下午臉色很差，怎麼了？鄭可帆騷擾妳嗎？』

『沒有、沒有，怎麼可能啦？沒事、沒事。』叔麗欲蓋彌彰地乾笑了幾聲。

『那就好，害我還為妳擔心了一下午呢。』

叔麗緘默著，緊絞的手指洩露了她正在苦苦交戰的內心，好半天，她囁嚅地開了口：『下午在電梯裡──我看到了！』

當鄭可帆正欲按上電梯的門，叔麗立刻尾隨衝了進去。電梯一層一層下降中，叔麗趁機搭訕：『鄭顧問，還沒結婚啊？』

『嗯。』簡潔的回答，分明無意多談。

叔麗沒有被他的冷峻孤傲嚇住，繼續沒話找話：『你這麼年輕就擔任多家大企業的顧問，真是優秀！』叔麗邊說邊迅雷不及掩耳地欺近鄭可帆：『唉喲，你的頭髮上有髒東……』叔麗手一伸，趁鄭可帆不及防備，一把撩開他的頭髮──

和叔麗共事多年，湘琪第一次看到向來嘻哈樂天的叔麗如此正經沈重的神色。車內的空氣幾乎要凝結成霜了，好半晌，叔麗

才接著道：

　　『我看到他的那半邊臉了……一整片都是慘不忍睹的疤痕。』

　　『很……很難看嗎？』

　　『還好，顯然做過很多次的植皮手術，但還是可以看出疤痕，但最恐怖的是──』叔麗欲言又止，『是、是他的──　左眼。』

　　『左眼？』

　　『他的左眼是……瞎的，只有眼白，沒有眼珠，看起來很……很噁心。』

　　想像過各種景況，但乍聞真相，湘琪仍止不住心頭一凜。

　　『他十分憤怒地背轉過去，然後電梯門開了，他頭也不回衝出去。雖然看不到他的神情，但是從他憤恨離去的背影，我感覺他……深深地受傷了，我覺得自己好……好殘忍。』叔麗垂著臉，切切自責。

　　電梯事件後，叔麗的三緘其口並未平息眾人的猜疑，反倒燎起了一連串荒謬臆測，有人猜他是天生的三隻眼，也有人幻想他的另半邊臉根本是『一片空白、沒有五官』……數日後，所有

人——除了湘琪和叔麗外——都以看外星人的眼光凝睇著鄭可帆。異樣的氣氛在會議室裡懸盪，湘琪敏銳地察覺到台上鄭可帆自信中不經意流露的受傷眼神。

會議結束後，湘琪藉口請教工作上的問題，留住了鄭可帆。會議室裡，只剩下他們兩人。

『其實，你不必那麼在意自己的外表。』

湘琪突如其來的一句話，惹得鄭可帆一陣極短暫的錯愕和慌亂，但僅只一瞬間，他隨即恢復了鎮定、炯炯地迎視著湘琪，清楚地自她眼中讀到了關心和真誠，不是好奇或同情。

他先是迷惑，漸漸地，防衛的眼神和緩了下來：

『我可以不在意，但別人不能。』

『那是一些膚淺的人，你何必跟他們一般見識？難道……你的自信如此不堪一擊？』湘琪故意激他。刺激，有時是一種更好的治療。

『妳不懂，像我們……這樣的人必須承受無數好奇、厭惡甚至驚懼的目光，那種滋味是自信也沖淡不了的。』

才只那麼片刻的軟弱和坦誠，馬上又戴起了他慣常的一臉無

波無緒。鄭可帆拿起了手提箱，示意話題到此為止。

　　目送鄭可帆離開，湘琪明白，他是一座長年結凍在封閉心海上的冰山，要剖開這座冰山，她必須付出更多的耐心。然而，她不擔心，耐力一向是她的長處，她會用愛和溫暖一分一分地，融化他！再巨大的冰山，終也抵不過和煦的陽光，不是嗎？

　　他會是她生命中最重要的男人。她對自己說。

　　湘琪開始藉各種機會與他接觸，慢慢發覺，融化冰山並非易事，他曾受的傷害遠比湘琪想像的還要深。讀中學時，許多同學私下喚他『魔鬼』，繪聲繪影地形容他的高智商和半俊半醜的容貌，其實都是撒旦的把戲。有一回，一位白人同學挑釁地指著他：

　　『你爸媽一定是做了什麼壞事，才會生出你這個小魔鬼。』

　　他瘋了似地和對方幹了一架，還因此被學校禁足一個月。

　　『喏，這就是當時打架留下來的。』他讓湘琪看他手肘內側一道長長的疤。

　　『我的臉，不是天生的。』他說，十三歲以前他是個被幸運之神眷顧的小孩，家境富裕、眉清目秀、人見人愛加上過人的聰穎……

『那怎麼會……』湘琪問。

鄭可帆將視線眺向咖啡廳的窗外，不肯提及那樁叫他驚悸猶存的往事。

湘琪沒有追問，她愛他，甘心無悔地接受他的善感無常、包容他的孤僻封閉。

三年過去了，在湘琪生日這天，鄭可帆送了她一只戒指，她哭了，她原以為他永遠都不會開口的。

『我一直都不讓妳看我的左臉，妳會怪我嗎？』他自身後摟住湘琪。

『當然不會，其實，我早知道了，叔麗對我提過。』

她察覺鄭可帆的身體僵硬了一下。難道她的愛還不足以撫平他的自卑和創痛嗎？

『我想，如果 ——』他澀聲道，『如果妳真的想看，我就……』

她堅決地搖搖頭，『我說過我不在意。』

鄭可帆將湘琪轉面向自己，『可是，我想讓妳看清楚，看清楚妳要嫁的是怎樣的一個人，如果妳要後悔還來得……』

湘琪打斷他的話，似水溫柔地望向他，『好，我看。』

　　他慢慢撥開頭髮，露出疤痕斑斑的左臉和──正如叔麗所說的──一隻恐怖的白眼睛。

　　沒有一絲驚懼，只有更多的疼惜，湘琪的手撫上他的左臉，『告訴我怎麼回事？你說過，它不是天生的。』

　　鄭可帆放開了湘琪，往前踱至窗邊，湘琪從他的背影看到了遲疑。須臾，他平靜地朗聲道：

　　『這是發生在我十三歲那年的事，直到現在，我還是搞不清楚是怎麼一回事。有一天晚上睡夢中，我的臉突然像著了火似的，一陣熾烈的灼燙，然後，我感覺左眼像被一把利刃之類的利器刺入！問題是，現場找不到任何刀子或火燒過的痕跡，只有我的臉毫無來由地嚴重燒傷。』

　　湘琪覺得自己全身的血液都凍住了，她失神地低喃：『怎麼可能？怎麼可能？』

　　『是的，怎麼可能？大家都這麼說，沒有人可以解釋為什麼？』鄭可帆自顧自說了下去，『我的臉植皮後又被感染了，我爸只好把我送到美國接受更高明的整容治療，可是，我的左眼卻

已經完全失明了。』

　　『不——不——』

　　湘琪乍然兩聲淒厲的哀號，整個人咚地一聲跪伏在地：『是我，是我害了你，我是凶手！我是凶手！』

　　『湘琪，妳冷靜點。告訴我，到底怎麼回事？』鄭可帆反身抱緊了湘琪，卻見她渾身抖顫，宛如風中落葉。

　　到底……到底怎麼回事？她怎麼可以告訴鄭可帆在她十二歲時，看到一本缺了封面的巫術舊書說：**在子夜整點對著銅製的鏡子，點上兩支白燭、再削完一只蘋果，鏡子裡就會顯現未來老公的臉**。於是，在好奇心驅使下，她瞞著父母從倉庫中找出過世奶奶的嫁妝——一面有裂痕的古董銅鏡，真的照做了！

　　十二歲的她既期待又忐忑，小心翼翼削著蘋果，結果，平放桌上的鏡子裡，真的出現了一張男人的臉！小湘琪一驚，打翻了白燭，燭油滴灑在鏡中男人的臉上，竟熊熊燃燒起來，慌亂之下小湘琪手上的水果刀落了下來，刺進鏡中人的左眼……

　　湘琪歇斯底里地痛嚎出聲，她終於想起來了，鏡裡那個男人，就是鄭可帆！

# 我在時間盡頭，

## About Love 守候你

小彤 著

作　　　者　小彤
責任編輯　呂增娣
美術設計　劉旻旻
行銷企劃　吳孟蓉
副總編輯　呂增娣
總　編　輯　周湘琦

董　事　長　趙政岷
出　版　者　時報文化出版企業股份有限公司
　　　　　　108019 台北市和平西路三段 240 號 2 樓

發　行　專　線　(02)2306-6842
讀者服務專線　0800-231-705　(02)2304-7103
讀者服務傳真　(02)2304-6858
郵　　　撥　19344724 時報文化出版公司
信　　　箱　10899 臺北華江橋郵局第 99 信箱

時報悅讀網　http://www.readingtimes.com.tw
電子郵件信箱　books@readingtimes.com.tw
法律顧問　理律法律事務所　陳長文律師、李念祖律師
印　　　刷　勁達印刷有限公司
初版一刷　2022 年 10 月 07 日
定　　　價　新台幣 320 元
ISBN 978-626-335-903-1
（缺頁或破損的書，請寄回更換）

我在時間的盡頭 . 守候你 / 小彤著 . --
初版 . -- 臺北市：時報文化出版企業
股份有限公司 , 2022.10
面；　公分 . --（玩藝）
ISBN 978-626-335-903-1( 平裝 )
863.57　　　　　　　　111014130